PLUTO
LA BESTIA DE GEORGIA

PLUTO
LA BESTIA DE GEORGIA

ANGELL MARR

AVENTURA OSCURA

Pluto, La Bestia de Georgia
Angell Marr

Directora de arte: Amelia García

© De la edición: Ediciones Idea, 2024
© Del texto y las ilustraciones: Angell Marr

Ediciones Idea
• San Clemente, 24 Edificio El Pilar
38002 Santa Cruz de Tenerife.
Tel.: *922 532150
Fax: 922 286062
• León y Castillo, 39 - 4º B
35003 Las Palmas de Gran Canaria.
Tel.: 928 373637 - 928 381827
Fax: 928 382196

• correo@edicionesidea.com
• www.edicionesidea.com

Fotomecánica e impresión: Gráficas Tenerife, S.A.
Impreso en España - Printed in Spain
ISBN: 978-84-19681-41-6
Depósito legal: TF 8-2024

Prólogo

La presente novela está ambientada en los tiempos de la Guerra del Asiento (1739-1742), motivada, entre otras causas, por la fundación de Georgia, la decimotercera colonia de Gran Bretaña en Norteamérica, en un territorio que España reclamaba como parte de sus dominios en La Florida. Al finalizar el conflicto, reina una tensa paz entre españoles y británicos, y es a partir de ese momento cuando empieza nuestra historia.

En 1743, el año siguiente al término de la guerra, empiezan a sucederse una serie de misteriosos y horribles asesinatos en Georgia. Las víctimas resultan ser los primeros hacendados asentados en la colonia, propietarios de grandes plantaciones. Si bien la esclavitud no se desarrolló plenamente en Georgia hasta unos años después, en esta historia los terratenientes comienzan a ser aniquilados por quien se supone que es un esclavo negro fugitivo, un descomunal cimarrón llamado Pluto, que pronto será conocido como «La Bestia de Georgia». Según las supercherías que circulan entre los negros y sus amos blancos se trata de un espectro asesino, pues, tras morir sometido a terribles tormentos, el espíritu de Pluto no puede descansar en paz en su tumba, de modo que vaga por las noches a la caza y ejecución de los hacendados, tanto para vengar su propia muerte como las injusticias cometidas con la gente de su raza. Sin embargo, el gobernador de Georgia sospecha que el criminal es en realidad un sicario de su homónimo español de La Florida, quien pretende hacer cundir el terror en la colonia británica para que sus habitantes la abandonen y así recuperar el territorio perdido. Por lo tanto, despliega sus fuerzas militares por la región para capturar al asesino y acabar con la leyenda de su sobrenaturalidad. Entre los jefes de las partidas de búsqueda se encuentra el capitán Roy «Okey» Mackay, un escocés procedente de las Highlands que destacó como héroe de guerra, cuyas ambiciones personales le llevarán a poner especial ahínco en atrapar a «La Bestia».

1
La muerte de «Látigo» McDowell

Una noche de verano, el estrépito de un calesín a la carrera, en medio de un barullo de gritos y chasquidos de látigo, turbaba la quietud reinante. El pequeño carro, más que correr, volaba por una carretera agreste y solitaria, la cual discurría a la vera del río Altamaha en dirección al pueblo de Darien. A la luz de sus faroles, podía verse que el escandaloso conductor era un hombre de edad provecta, enjuto y reseco, cuyo duro semblante expresaba una mezcla de enojo y temor inefable. Con una mano sujetaba firmemente las riendas del caballo, y con la otra no cesaba de fustigarlo con el látigo, acuciándolo a correr más y más, mientras el calesín traqueteaba de tal manera que parecía estar a punto de saltar en pedazos. Aquello, empero, no parecía alarmar al audaz conductor, a quien, por el contrario, complacía el revoloteo de su chaqueta y el *kilt*[1] bajo el

---

[1] Falda escocesa.

que asomaban sus flacas piernas. Y aun cuando la ventolera de la velocidad le arrebató la boina, e incluso la peluca de bucles que gastaba, dejando su cráneo rasurado al fresco, no se molestó siquiera en echar un vistazo atrás...

Aquél que con tales prisas surcaba la carretera de Darien se llamaba Ira McDowell, aunque era más conocido como «Látigo» McDowell, por su afición a azotar a los negros de su hacienda con saña por cualquier fruslería. Este viejo y cruel escocés se exasperaba por cubrir lo antes posible la escasa milla que separaba sus dominios de cierta taberna rústica en la que solía solazarse los días festivos, y donde precisamente aquel día se había solazado más de la cuenta. Allá en El Guantelete y el Cardo —así se llamaba la mencionada taberna—, el viejo Ira lo había pasado estupendamente, bebiendo whisky a raudales, fumando como un carretero, jugando a los dados y jurando como un filisteo, en compañía de otros rudos habitantes del lugar; pero ahora lamentaba gravemente el haberse demorado tanto tiempo en partir de vuelta a su hogar, y más aún de haberlo hecho al ponerse el sol. Ciertamente, no había gran distancia entre El Guantelete y el Cardo y la Hacienda McDowell, cuyas luces titilaban en la oscuridad a uno y otro extremo de la carretera; y ésta era la razón por la que el ebrio escocés había decidido emprender la marcha. Sin embargo, una vez en camino, se le había presentado en la mente un peligro que hasta ese momento parecía haber permanecido emboscado entre los vapores del alcohol; y tal era la causa por la que ahora hostigaba con semejante furor a su caballo.

En el ínterin de su alocada carrera, un fugaz vistazo a un lado le reveló a «Látigo» McDowell que la luna brillaba en el cielo despejado como un doblón de plata, reflejándose en las aguas del Altamaha como en un espejo; tan límpida y calmosa estaba la corriente. Pero el viejo Ira no estaba de humor para contemplaciones pintorescas. De hecho, que la luna iluminara la carretera, los prados y los bosquecillos de los alrededores con diáfana claridad, le causaba tanta angustia como si se hallara inmerso en las más oscuras tinieblas, puesto que delataba su presencia desde lontananza a cualquier observador. Así que con redoblado ahínco fustigó a su caballo, tal como si azotara a algún pobre diablo negro que le hubiera sacado de sus casillas. El lacerado bruto relinchó y corrió aún más veloz, el calesín se sacudió y escoró violentamente, a la par que las ruedas hacían saltar piedras y chispas de la escabrosa vía, hasta que el carro dio un tremendo bandazo y una de las ruedas se rompió con un chasquido.

«Látigo» McDowell pegó un brusco bote sobre el pescante y sintió como crujía su cadera. Con un quejido ahogado se encogió sobre el asiento, pero enseguida se rehízo y, tirando con ambas manos de las riendas del caballo, detuvo el calesín.

—¡Maldita sea mi suerte! —bufó. Y tras bajar con gran dificultad del carro se acercó, renqueando con una mano apoyada en la cadera, a examinar la rueda rota. Desde luego, le bastó con echarle una simple ojeada para percatarse de que aquello no tenía arreglo.

—¡Puerca miseria! —gruñó—. ¿Y ahora qué voy a hacer?

Por unos instantes, el viejo Ira pareció titubear, mientras lanzaba miradas inquietas en derredor; pero pronto su rostro se iluminó con una idea alentadora. Entonces se acercó a su jadeante caballo y, al tiempo que empezaba a desengancharle los arreos, dijo:

—¡Bien, muchacho! Ahora seguiremos camino tú y yo solitos. Ya volveré mañana a recoger este condenado trasto.

Justo acababa de decir esto, cuando le pareció advertir un sonido apagado, como si procediera de muy lejos. Extrañado, el hacendado frunció el ceño y aguzó el oído. En ese momento, se percató de que aquello que escuchaba era una especie de gruñido, sordo y lento, como el de una fiera amenazante, el cual creció en intensidad como si llegara hasta él en alas del viento. Sin embargo, no hacía viento... «Látigo» McDowell acababa de recaer en este detalle, cuando aquel espeluznante sonido cesó de sopetón.

El viejo Ira se había quedado plantado como un pasmarote junto a su caballo, con las manos apoyadas sobre la grupa y en actitud de escuchar, hasta que repente se despabiló pegando un respingo. Acto seguido, se apresuró a montar; pero al alzar la pierna sintió un tremendo aguijonazo en su cadera lastimada. Tal fue la intensidad del dolor, que estuvo a punto de desplomarse en el suelo; mas tras proferir un gemido sofocado, logró mantenerse erguido, sujetándose a los arreos del caballo. En cuanto consiguió sobreponerse al dolor volvió a aguzar el oído, mirando de reojo a su alrededor; pero no escuchó ni vio nada alarmante. No obstante, el profundo silencio que ahora lo envolvía le resultó casi más espantoso que el truculento gruñido que se había desvanecido.

—¡Maldita sea! —farfulló—. ¡Tengo que largarme de aquí cuanto antes!

En ese momento, quebró la quietud un crujido de ramas, procedente de un bosquecillo de cedros cercano. El viejo Ira dirigió inmediatamente su mirada hacia allí y escrutó con ansiedad sus negras sombras, mientras sentía cómo el corazón le latía en el pecho como un bombo. Y aun temiendo alzar la voz, temblando de la cabeza a los pies, se sorprendió a sí mismo exclamando:

—¡Eh! ¿Quién anda ahí?

Como ya presentía, no recibió ninguna contestación, pero continuó mirando con sobrecogida fijeza hacia el bosquecillo, esperando ver surgir de él algo funesto. Y en efecto, pronto su horrible presagio se convirtió en realidad. Unos instantes después, escuchó unas pisadas en la maleza, lentas y cautelosas, y de seguido asomó a la linde de la arboleda una figura todavía más oscura que las tinieblas que la envolvían. Ésta permaneció agazapada durante algún tiempo, como una

fiera al acecho, pero aun así «Látigo» McDowell pudo advertir que se trataba de un hombre..., un hombre sorprendentemente alto y robusto, y también contrahecho, a juzgar por la largura de sus brazos y la cortedad de sus piernas...

–¡*La Bestia!* –exclamó el hacendado con la voz demudada.

En vano trató de montar su caballo, pues parecía como si sus pies hubieran echado raíces en el suelo. Entonces, aquél a quien llamara «La Bestia» salió por fin de las sombras del bosquecillo, mostrándose bajo la luz de la luna.

Se trataba, en verdad, de un sujeto digno del adjetivo *bestial*. Era un hombre negro gigantesco y de aspecto nefando, con mayor semejanza a un simio que a un ser humano. Aparte de unos brazos anormalmente largos y unas piernas grotescamente cortas, tenía la cabeza completamente monda y como encajada entre los hombros. En su brutal rostro brillaba un solo ojo, el izquierdo, con un fulgor rojizo sobrenatural. Del otro ojo no había ni rastro, sólo un agujero aún más oscuro que el resto de la cara. En cuanto a orejas, tampoco se advertía el menor indicio de ellas. Informes jirones de tela, de lo que alguna vez habían sido una camisa y unos calzones, cubrían su voluminosa musculatura, y grilletes desprovistos de cadenas aprisionaban sus muñecas y tobillos. Por último, blandía con la diestra un cuchillo sin brillo, embadurnado de lo que parecía ser sangre seca...

«Látigo» McDowell contempló a aquella monstruosidad negra con los ojos y la boca abiertos de par en par, incapaz de proferir ni un gemido, ni hacer un solo movimiento; tal era el terror paralizante que lo dominaba. Entretanto, el terrible gigante avanzó hacia él, con el corpachón inclinado hacia delante y los brazos colgándole como pesos muertos, tal como lo haría un gorila erguido sobre sus patas traseras. En ese momento, el caballo del hacendado empezó a relinchar y corcovear, enloquecido ante la visión de aquel horrendo ser, y de seguido salió disparado, a galope tendido, perdiéndose en la lejanía en un periquete. Aquel estallido de espanto hizo rebullir a su amo, quien, no obstante, apenas fue capaz de dar un par de vacilantes pasos hacia atrás, hasta estamparse de espaldas contra el escorado calesín. Y así se quedó, observando con el rostro desencajado al ogro simiesco, que poco después se detuvo frente a él.

El inmenso negro se cernió sobre «Látigo» McDowell, contemplándolo con su fulgurante ojo, carente de expresión alguna. En el ínterin, el aterrado escocés se fijó mejor en sus facciones. El rostro de aquella criatura demoniaca era como el de un hombre muerto, no más que una calavera recubierta por un pellejo rugoso, achicharrado por el fuego, tal como el resto de la piel de su cuerpo... El viejo Ira acababa de percatarse de esto, cuando el nefando negro lo agarró repentinamente por el cuello con su mano libre y alzó el cuchillo que empuñaba con la otra, manteniéndolo a un palmo de su cara. Entonces, el hacendado pensó en desenvainar el *dirk*[2] que pendía de su cinturón, del cual no se había acordado hasta ese preciso instante, tan apabullado como estaba. Mas fue en vano, pues sus brazos no respondieron a la orden del cerebro, sino permanecieron colgando inertes a sus costados. ¡Era como si un hechizo paralizante hubiera caído sobre él! De hecho, tan sólo era capaz de conservar la capacidad de movimiento de sus ojos, los cuales le bizquearon ridículamente para fijarse en la amenazadora punta del cuchillo de su enemigo.

En el transcurso de unos segundos que se le hicieron eternos, el gigante negro permaneció igual de inmóvil que el viejo Ira, aferrándolo por el pescuezo y mirándolo con su llameante ojo rojo, como si pretendiera penetrarlo hasta el alma. Hasta que de pronto, con un movimiento inesperado, le enterró el cuchillo en el ojo derecho.

¡El alarido que brotó de la garganta de «Látigo» McDowell fue espantoso, y reverberó en la oscuridad de la noche como el chillido de un alma condenada a las llamas del infierno! Entonces, como si el hechizo que le impedía moverse se hubiera deshecho, agarró con ambas manos la muñeca del abominable negro, intentando extraer la punta del cuchillo de la cuenca de su ojo cegado; pero aquél lo volteó como si fuera un pelele y lo rodeó con uno de sus hercúleos brazos por el cuello, levantándolo en vilo. Desesperado, el escocés forcejeó intentando liberarse de su brutal abrazo, boqueando y pataleando en el aire; mas todos sus esfuerzos fueron inútiles, pues el descomunal brazo del ogro simiesco era como un cepo de hierro. Acto seguido,

---

[2] Nombre en gaélico escocés de la típica daga escocesa. Se trata de un arma de mayor longitud que un cuchillo, pero menor que una espada.

aquel ser infernal volvió a alzar su cuchillo y, con la misma facilidad que se corta un trozo de mantequilla, le cercenó una oreja, y luego la otra. El viejo Ira profirió un gorgoteo sofocado, sin cesar de revolverse enloquecido y sangrando a borbotones por la cuenca vacía de su ojo y los muñones de sus orejas. Pero era imposible escapar de aquella despiadada mole negra, que un instante después le cercenó la garganta y lo dejó caer al suelo como un muñeco de trapo.

Por unos momentos, el monstruo asesino contempló el cadáver de su víctima con impasible fijeza. Luego se dio la vuelta y, bamboleándose a su gorilesca manera, se marchó de allí.

Tal fue la pavorosa muerte del hacendado Ira «Látigo» McDowell a manos del ser demoniaco al que llamara «La Bestia». Su cadáver mutilado, con el rostro crispado en una horrible mueca de agonía y el único ojo que le quedaba abierto de par en par, quedó tendido junto a su calesín, sobre un gran charco de sangre, en medio de la carretera de Darien. Y así fue hallado al día siguiente por los espantados lugareños.

2

Rumores en un barracón

A la noche siguiente, la muerte del hacendado escocés era ya conocida en toda Georgia. A lo largo del día, la noticia se había corrido como un reguero de pólvora de un extremo a otro de la colonia, proporcionando largo tema de conversación y estremecimiento a gentes de todo origen y condición, que ya daban por hecho quién había sido el asesino, el cual acababa de añadir una nueva víctima a su larga lista...

A unas cincuenta millas al norte de Darien, en las afueras de Savannah, la ciudad capitalina de Georgia, se encontraba una de las primeras haciendas establecidas en el lugar. Una cerca erigida a modo de estacada rodeaba la casa señorial, sus establos, almacenes y los barracones de los esclavos. Eran tiempos difíciles para los georgianos, quienes, aunque por lo pronto se llevaban bien con los indios de la región, no bajaban la guardia ni por un instante. En torno a la estacada se extendían los campos de cultivo: en su mayor parte plantaciones de arroz y maíz, ya que, antes del algodón y el tabaco, estos fueron los productos principales de la economía georgiana.

Delante de uno de los barracones ardía una fogata, y sentado alrededor de la misma había un grupo de negros. Éstos acababan de cenar, como evidenciaba el puchero vacío y el revoltijo de cuencos sucios amontonados junto al fuego. Y en tanto que una vieja negra gorda recogía todo aquel desorden, anadeando de un lado a otro y refunfuñando, los hombres, apoltronados, se habían puesto a charlar. Como no podría ser de otra manera, la conversación versó sobre el horrible asesinato.

—¡Pluto ha vuelto a las andadas! —decía un negro alto y flaco, agitando sus largos brazos—. ¡«La Bestia» ha matado a otro *massa*[3]!

—¡Cierra el pico, idiota! —replicó un vejete de algodonada barba blanca, encorvado por los años pero aún vigoroso—. Eso no es asunto nuestro. Será mejor que ni menciones su nombre.

—¿Y por qué no? —rezongó otro negro, éste bajito y rechoncho, con la cabeza calva como un melón pero con espesos rizos en las sienes—. ¡Qué diablos! ¡Que cada cual hable de lo que le dé la gana! —remachó, y volviéndose hacia otro sujeto le dijo—: ¡Eh, Apollo! Tú, que conociste a Pluto, cuéntanos algo sobre él.

En ese momento, todas las miradas enfilaron hacia el tal Apollo, que se hallaba sentado en un rincón algo apartado del resto. Éste era un negro fornido, de mirada aviesa y mohín torcido. Vestía chaqueta y calzones de estopa, y se tocaba con un ajado tricornio de paja. Al escuchar su nombre, apartó de sus labios la corta pipa de arcilla que fumaba y gruñó:

—¡Ya os he hablado muchas veces de Pluto! ¿Qué más queréis saber?

---

[3] *Amo*, en lengua gullah (ver nota 4).

—¡Venga, hombre! —exclamó el negro retaco—. Haz el favor y háblanos otra vez de él.

A esta petición se sumó la de muchos otros, cuyo entusiasmo hizo sonreír levemente a Apollo. Este negro se diferenciaba del resto de sus compañeros por su manera de hablar el inglés, mucho más refinada que la jerga gullah[4] de sus compañeros, por lo cual les encantaba que les contara cualquier cosa. Así pues, halagado por el interés que mostraban en él, Apollo se dispuso a complacerlos. Entonces se mostraron sonrisas marfileñas en los rostros azabaches de su auditorio, y el narrador, con tono grave y parsimonioso, empezó:

—Pluto, aquél al que los hombres blancos llaman «La Bestia de Georgia»... ¡Oh, sí! Yo lo conocí hace algunos años, *cuando todavía estaba vivo*... Esto fue en Carolina del Sur, en la hacienda de mi primer amo, antes de que me vendiera a nuestro actual señor...

»¡En mi vida había visto nada igual! Sin duda, debió ser el negro más extraño y espantoso que jamás se vendiera en un mercado de esclavos, y a buen seguro que al amo le costó un dineral. Se rumorea que fue capturado en algún remoto rincón de la vieja África, al parecer por una partida de negreros que, en cierta ocasión, osaron emprender una batida más allá de los confines de sus habituales zonas de caza. Sin embargo, nada se sabe de la tribu de Pluto, y hay muchos que creen que ni siquiera era un hombre, sino una especie de engendro surgido del impío apareo de un demonio del infierno con una mona..., ¡cosa que no me extrañaría!

»Figuraos a un gigante de casi siete pies de altura, una mole de músculos con el pellejo negro como el carbón. Sus poderosos brazos eran tan desmesuradamente largos como cortas y robustas lo eran sus

---

[4] Lenguaje criollo hablado por los Gullah, descendientes afroamericanos de los esclavos negros establecidos en las Carolinas, Georgia y Florida. Se trata de una mezcla de inglés con palabras de diversos idiomas africanos.

piernas, y su pecho y espaldas parecían más propios de un gorila que de un ser humano. En cuanto a su rostro, ¡juro por Dios que no he visto cosa más fea ni en pesadillas! Tenía la frente estrecha y saliente, y los ojos le brillaban con un fulgor maligno. La nariz la tenía más chata y ancha de lo que es habitual entre los de nuestra raza, con los ollares tan grandes como un buey. La mandíbula, robusta y cuadrada, le apuntaba hacia delante como el morro de un animal, y los labios, gruesos y protuberantes, ocultaban dos hileras de dientes aserrados y blancos como el marfil, que le ponían los pelos de punta a cualquiera las pocas veces que sonreía... Desde luego, ¡no me sorprendería nada que «La Bestia» practicara el canibalismo antes de que lo capturaran! A todo esto, si había algo todavía más horripilante que su aspecto, eso era su voz, que sonaba como un gruñido sordo y cavernoso. Pero rara vez decía algo Pluto, aun cuando los capataces de la hacienda, con gran dificultad, consiguieron enseñarle a chapurrear cuatro palabras, cosa que nadie creyó que pudiera lograrse jamás.

»Con la afición que caracteriza a los hombres blancos por ponernos nombres pomposos y ridículos a los negros, el amo lo llamó Pluto. Y en verdad que ese nombre le iba como anillo al dedo a semejante demontre; pues, según le he oído decir a nuestro señor en alguna ocasión, así se llamaba el dios del infierno de los romanos.

»Pluto tenía el carácter huraño y taimado de los negros salvajes recién arrebatados de las selvas africanas. Sin embargo, desde un principio se mostró sumiso y cauteloso con el amo; evidentemente, porque capiscaba que podría costarle la vida comportarse con rebeldía. Aun así, debido a su descomunal y amenazante aspecto, permaneció encadenado de pies y manos mucho tiempo después que el resto de los esclavos nativos que el amo había comprado. Con todo, Pluto aceptó con resignación la carga de sus cadenas, evitando dar muestras de un temperamento insurrecto. De modo que fueron muy pocas las veces

que el látigo restalló en sus enormes espaldas, no más que por las típicas torpezas que suelen cometer los negros que aún no están acostumbrados a las labores cotidianas de la hacienda; castigo que, por lo demás, soportó Pluto con tan inmutable entereza que dejó pasmados por igual a blancos y negros.

»¡Por mi alma que jamás se vio negro más poderoso y afanado en las plantaciones! De hecho, era capaz de trabajar de la mañana a la noche sin proferir una sola queja, como un burro de carga que faenara por cuatro, en apariencia, siempre fresco y dispuesto a realizar incluso las tareas más extenuantes. No obstante, pronto el amo lo sacó de los campos de labor para destinarlo a otros menesteres. En vista de sus tremendas fuerzas, decidió utilizarlo como semental, a fin de engendrar una nueva y prodigiosa casta de negros como él; pero sucedió que al aparearlo con las mozas de la hacienda ninguna de ellas se quedó preñada... ¡Oh, aquello fue como intentar cruzar a un hombre con un animal! Y desde luego, afianzó todavía más las sospechas de blancos y negros sobre la naturaleza inhumana de Pluto. Sin embargo, pese a su decepción, el amo supo sacarle mayor provecho que explotándolo en las plantaciones.

»El caso fue que decidió probar sus capacidades para la lucha, obligándolo a pelear con los negros más fuertes de la hacienda. Y, en verdad, Pluto dio muestras de poseer una impresionante habilidad para el combate..., ¡machacando y haciendo trizas a todos sus oponentes! Entonces el amo, maravillado, decidió llevarlo a participar en los campeonatos de lucha regionales. Y lo cierto fue que Pluto jamás se topó con un contrincante que lo superara en fuerza y destreza. ¡Ni que decir tiene que ese demontre hizo puré con sus puños de hierro a todos los campeones negros de Carolina del Sur!

»Así fue como Pluto se ganó su apodo de «La Bestia», convirtiéndose en un implacable asesino de negros, ante el cual se morían de miedo todos los hércules y sansones obligados a combatir con él. Y así fue como su señor se convirtió en el hacendado más popular de Carolina del Sur, y también de Carolina del Norte. No obstante, bien puede decirse que, a pesar de obligarlo a pelear a muerte con toda clase de adversarios, el amo le dispensó a Pluto el mejor trato que jamás recibiera ningún otro de sus esclavos; pues lo trataba a cuerpo de rey, obsequiándolo con los más suculentos manjares de su despensa, e incluso permitiéndole fornicar con las mozas más atractivas de su hacienda, cosa que ningún otro mísero negro podría haber imaginado ni en sueños.

»Por lo tanto, dedicado únicamente a participar en competiciones de lucha, era habitual que «La Bestia» viajara con el amo por las Carolinas. ¡Ah, y digno del mayor asombro era ver a ese coloso paseando con su señor, ya fuera en carro o a pie, por las calles de ciudades tan espléndidas como Charleston o Raleigh! ¡Y ataviado con excelentes ropas confeccionadas especialmente para él, muy ajenas a los asquerosos andrajos que solemos llevar los pobrecitos zopencos condenados a rompernos los lomos trabajando en el campo! Como un dandi gorilesco, enfundado en una magnífica casaca de seda y tocado con tricornio de terciopelo, Pluto andaba bamboleándose y sonriendo ferozmente junto a su amo, en apariencia la mar de contento por la buena fortuna que se había forjado a golpe de puños. Sin embargo, pese a toda la confianza que procuraba inspirarle a su señor, éste nunca terminó de fiarse totalmente de él, y por temor a que algún día se le escapara mandaba que cada noche lo encadenaran en su lecho. Pero aun así, Pluto se las ingenió para no permanecer mucho tiempo cautivo...

»¡Oh, sí! Trabajando noche tras noche en su barracón, mientras los demás negros dormían a pierna suelta, consiguió desgastar, con ayuda de una lima que robó del taller de carpintería, los eslabones de sus cadenas hasta romperlos, tras lo cual se deslizó como una sombra fuera de la hacienda y se esfumó en las tinieblas de la noche. ¡Ya podréis imaginaros la indignación del amo cuando, al día siguiente, supo que Pluto se había fugado! Sin perder un instante, organizó una partida para salir en su búsqueda, llevando consigo sus mastines. En efecto, la jauría detectó enseguida el rastro del fugitivo, que enfilaba, como ya todos suponían, hacia el sur de las Carolinas: por aquel entonces, antes de la fundación de Georgia, un oscuro y peligroso territorio perteneciente a La Florida española. Aparte de sus huellas, también hallaron algunas otras pistas de Pluto, como jirones de ropa prendidos en zarzas y los restos de una pequeña fogata en una recóndita cueva... Pero eso fue todo. El escurridizo gigante había conseguido cruzar la frontera, y su chasqueado señor tuvo que regresar a su hacienda con las manos vacías.

»Dada la costumbre de los españoles de ofrecer la libertad y refugio a los esclavos fugados de las colonias inglesas, a condición, sin más ni más, de que aceptaran la fe católica[5], a nadie le cupo duda de que Pluto se había aliado al enemigo, tal como tantos otros negros evadidos lo habían hecho antes que él. De hecho, todo el mundo dio por sentado que había terminado formando parte de la milicia negra de Fuerte Mosé[6], y no se le dio más vueltas al asunto. Sin embargo, algunos años después nos llegaron ciertas noticias que no encajaban con tales suposiciones...

---

[5] En 1693, el rey Carlos II de España decretó, mediante Real Cédula, que todos los esclavos fugitivos de las colonias británicas llegados a La Florida, hombres y mujeres, fueran acogidos y liberados si aceptaban el catolicismo. Se trató, en efecto, de una estratagema para dañar la economía del enemigo, fomentando la evasión de negros de sus plantaciones.

[6] Fuerte Mosé (Fort Mose, en inglés), cuyo nombre oficial era Gracia Real de Santa Teresa de Mosé, fue el primer asentamiento de negros libres en los actuales Estados Unidos de América. Su construcción fue decretada en 1739 por el entonces gobernador de La Florida, el general Manuel de Montiano y Luyando, a fin de que sus

»El caso fue que unos tramperos que habían estado merodeando por los bosques de La Florida, hablaron de que en varias ocasiones habían escuchado horribles alaridos en las espesuras. ¡Uf! Alaridos que no parecían tener nada de indios, e incluso de humanos... Y su espanto llegó a su culminación cuando vieron surgir de unos matorrales al autor de tales gritos: por lo visto se trataba de un negro enorme y horroroso, cubierto de harapos y con grilletes en muñecas y tobillos, el cual les salió de repente al paso haciéndolos huir despavoridos. Más tarde, los tramperos barruntaron que aquel ser abominable no tenía otra intención que la de ahuyentarlos de sus dominios; pero por temor a toparse otra vez con él, no volvieron a cruzar la frontera.

»¡Ni que decir tiene que cuando esta noticia llegó a nuestra hacienda, todos nos figuramos que ese negro espantoso sólo podía ser Pluto! De manera que dimos por hecho que «La Bestia» se había convertido en un solitario cimarrón de los bosques, renunciando por igual a la autoridad de ingleses y españoles, e incluso a tener tratos con los indios semínolas de la región[7]. Sin embargo, aquello no era más que una mera conjetura, ya que nadie sabía a ciencia cierta qué podría haber sido de él. Pero poco después se volvió a saber de Pluto, ¡y esta vez sin el menor género de dudas!

»Como ya sabéis, en el año 1733 los ingleses fundaron Georgia en la parte septentrional de La Florida; exactamente, donde hoy en día se encuentra nuestro hogar. Pues bien, siete años más tarde, en plena guerra entre la nueva Georgia y la vieja Florida, los ingleses tomaron

---

ocupantes vigilaran la frontera con la colonia británica de Georgia. En 1996, la ubicación del fuerte (del cual no quedan ni las ruinas) fue declarada Monumento Histórico Nacional por el Gobierno estadounidense.

[7] En aquellos tiempos, algunos esclavos negros huidos de las plantaciones británicas eran acogidos por indios como los semínola, mezclándose con ellos y dando origen a los llamados «semínolas negros».

Fuerte Mosé. ¡Ja! Desde luego, no les costó nada hacerse con esa posición, ya que los negros libertos que la ocupaban habían partido algunos días atrás para reforzar la guarnición del castillo de San Marcos[8]. Poco antes de que esto sucediera, mi antiguo amo me vendió al que ahora sirvo, como todos ustedes, y luego se alistó en la milicia georgiana que participó en la toma del fuerte español. Como queda dicho, los soldados ingleses no se toparon con la menor resistencia en el puesto abandonado. Sin embargo, éste no estaba completamente vacío, pues cuando lo inspeccionaron encontraron en uno de sus barracones a un extraño ocupante…

»¡Por supuesto, aquél no era otro que Pluto! Oh, nadie sabe por qué razón ese demontre fue a parar a Fuerte Mosé. Tal vez, al encontrarlo abandonado, y desconociendo el motivo, decidió refugiarse allí por algún tiempo. En cualquier caso, los andrajos que cubrían su corpachón, en lugar del uniforme de los milicianos negros, evidenciaban que no se había pasado al enemigo. No obstante, aquello no lo salvó de las represalias de los ingleses, ya que no dejaba de ser un esclavo fugitivo… ¡Y menos aún de la venganza de su amo!

»Después de presenciar cómo Pluto era molido a golpes por la soldadesca en el barracón donde había sido sorprendido, su dueño se abalanzó sobre él, dispuesto a infligirle su propio castigo. Y…, ¡santo cielo! ¡Con un cuchillo le sacó un ojo y le cortó las orejas! Tras lo cual, mandó que lo azotaran hasta la muerte. Pero para asombro de todos,

---

[8] Fortaleza de la ciudad de San Agustín de La Florida (Saint Augustine, en inglés). Fue edificada entre 1672 y 1695 en el mismo punto que el antiguo fuerte de madera que lo ocupara. Este castillo está considerado como uno de los ejemplos más importantes de arquitectura militar española en América, cuya principal característica es que sus murallas están construidas con coquina, esto es, conchas del molusco del mismo nombre mezcladas con arena. Dicho material resultó excelente para las fortificaciones militares, pues no se destrozaba por el impacto de los proyectiles de artillería, sino que los encajaba sin producir escombros.

Pluto sobrevivió a aquel tremendo suplicio, en el que varios de sus verdugos tuvieron que turnarse por agotamiento empleando el látigo, hasta que finalmente desistieron de continuar fustigándolo. Y así, hecho un despojo, desgarrado y sangrando a chorros, dejaron al gigante negro atado al poste donde fuera azotado, esperando a que muriera. Sin embargo, pasaron los días, y para indescriptible pasmo de todos permaneció con vida, hasta que una noche su amo, tan desconcertado como indignado, lo entregó a los indios que acompañaban a las tropas inglesas para que terminaran de despacharlo. Aquellos salvajes amontonaron leña en torno a Pluto y la prendieron fuego; pero, en esto, sucedió que el fuerte fue asaltado por los españoles...

»Aquel ataque cogió tan de improviso a los ingleses, que casi todos ellos fueron masacrados. De hecho, tan sólo un puñado de soldados e indios consiguió escapar de la escabechina. En cuanto a Pluto, se dio por sentado que había muerto en la hoguera, y que los españoles lo enterraron, junto a los caídos en combate, en una fosa común dentro del mismo Fuerte Mosé. ¡Ay! Pero pese a que su muerte fue vengada con la de su amo y demás desalmados que participaron en su suplicio, se tiene por cierto que el espíritu de Pluto no halló el reposo eterno. Y es por eso que, cada noche, abandona su tumba para sembrar la muerte entre los señores blancos de Georgia, tal como le hubiera complacido vengarse de su amo, para luego, antes del amanecer, regresar a su sepulcro en Fuerte Mosé, al otro lado de la frontera...

»Así pues, es evidente que Pluto no odia más que a los hombres blancos; y esto lo prueba el hecho de que siempre les ha perdonado la vida a los criados negros que se encontraban junto a sus señores cuando cayeron en sus garras. A todos esos desgraciados, como bien sabéis, los ajusticia siempre de la misma manera, o sea, sacándoles un ojo y cortándoles las orejas, tal como le hizo a él su cruel amo, y rebanándoles luego el pescuezo. Y en efecto, es tan sólo por el testimonio de los pobrecitos negros que lo han visto por lo que sabemos el pavoroso aspecto que tiene el espectro asesino de Pluto: el de un horrible gigante simiesco, tuerto y desorejado, con el único ojo que le queda brillante como una brasa, y el cuerpo abrasado de la cabeza a los pies, que aniquila a sus víctimas con el cuchillo del que fuera su señor... ¡Oh, sí! ¡Tal es la apariencia del terrible Pluto, «La Bestia de Georgia»!

»Por lo tanto, puede decirse que, en cierto modo, Pluto es una especie de héroe vengador de nuestra raza esclavizada; aun pese a lo poco de negro, e incluso de humano, que tuviera en vida...

Llegado a este punto, Apollo cayó de sopetón, pues en ese momento apareció uno de los capataces de la hacienda —un mestizo espigado y mal encarado—, quien, refunfuñando y haciendo restallar su látigo en el suelo, le mandó dejarse de cháchacras, pues ya era hora de que todos se fueran a dormir. Entonces, los temerosos negros se pusieron en pie de un salto y corrieron a acostarse en sus jergones dentro del barracón.

3
El final de «Petaca Pat» O'Grady y «Tentetieso» Le Brun

Tres noches después de la muerte de «Látigo» McDowell, otro hacendado regresaba también más tarde de lo habitual a sus dominios, aunque no precisamente por haber estado empinando el codo en alguna taberna. Éste era un hombrecillo de origen irlandés, rechoncho y paticorto, de cabeza redonda y cuadrada barba bermeja. Eternamente embutido en una casaca verde y tocado con un sombrero de hebilla, también verde, podría pasar por el típico *leprechaun* o duende de las leyendas de sus ancestros. Dicho sujeto se llamaba Patrick O'Grady, pero sus vecinos lo apodaban «Petaca Pat». Ni que decir tiene que aquel mote burlesco, que había tenido la desdicha de traerse desde su tierra natal, había agriado su carácter desde su mocedad; a tal punto que, ya bien entrado en años, miraba con mal disimulada envidia a cualquier individuo que le sacara un palmo de cabeza, y con puro odio a cualquier otro cuya altura fuera superior a la estatura media. No es de extrañar, pues, que este enano rencoroso acostumbrara a castigar con sádica satisfacción a los negros más grandullones de su hacienda. Pero, aparte de ser un implacable azotador, «Petaca Pat» era un gran aficionado a la caza.

Durante toda aquella jornada había estado recorriendo las marismas que rodean la ciudad de Savannah en busca de patos silvestres, sin otra compañía que la de sus dos perros de presa favoritos: dos enormes setters irlandeses, lanudos como carneros y de color caoba, que bien podrían haberle servido como monturas caballunas. Sin embargo, nuestro retaco Nemrod no había tenido suerte en sus correrías, pues aquel día los ánades que pululan por esos pantanales se habían mostrado inusitadamente escasos y escurridizos, de manera que ahora regresaba a su hogar con el morral tan vacío como cuando partió. Con todo, aquella no había sido la causa de la extremada demora en recogerse de O'Grady, sino una intempestiva siesta que no había podido resistirse a tomar en una loma de arena, acariciado por los suaves rayos del sol vespertino; en efecto, una siesta tan inesperadamente larga e inconveniente que, para cuando volvió a abrir los ojos, el sol estaba a punto de ponerse. Tal hecho, empero, no hubiera tenido ninguna importancia para él, de no ser por el terror que acechaba cada noche a los hacendados de la colonia...

¡Uf! Con sólo acordarse de Pluto, «La Bestia de Georgia», «Petaca Pat» sintió un repelús, y sin perder un instante apretó el paso. Por fortuna, pensó, iba bien armado con su escopeta y protegido por sus fieles perros, que sin dudarlo se lanzarían sobre aquel bellaco para hacerlo picadillo como osara cruzarse en su camino..., *siempre y cuando fuera un ser de carne y hueso*, apostilló para sus adentros con un nuevo estremecimiento. Mas procurando borrar de su mente tan funestos pensamientos, el diminuto irlandés siguió adelante, dando botes como una rana a través de tupidos herbazales.

Poco después, llegó a una zona de las marismas cubierta por un bosquecillo de palmitos erizados y arbustos, sobre los cuales se alzaban algunos cedros de pantano de aspecto tenebroso. Desde luego, aquel paraje resultaba inquietante, y más ahora que los últimos rayos del sol se habían extinguido en el horizonte; pero las luces que empezaban a brillar en la cercana ciudad le reconfortaron. Justo en ese momento sus perros se detuvieron de golpe, y, arqueando el lomo y enseñando los colmillos, empezaron a gruñir y ladrar desaforadamente en dirección a un enorme arbusto que se alzaba ante ellos. «Petaca Pat» sintió cómo se le ponían los pelos de punta; pero sobreponiéndose al canguelo, alzó su escopeta y gritó:

—¡Quién va!

Las ramas del arbusto crujieron y se agitaron, y el expectante cazador vio surgir de la oscuridad una figura alta y embozada en una capa negra, sin decir una sola palabra.

Por unos instantes, O'Grady creyó hallarse ante un fantasma. Y ya estaba a punto de apretar el gatillo —aun temiendo que no iba a servirle de nada—, cuando el siniestro sujeto se bajó el alto cuello de la capa, mostrando su semblante a la luz de la luna. Entonces el apabullado irlandés observó su rostro largo y flaco, de una palidez cadavérica, con los ojos hundidos en profundas ojeras y una sonrisa similar al rictus de un ahorcado... Mas a pesar de tan macabra visión suspiró aliviado, pues enseguida reconoció en aquel espantajo a uno de sus vecinos de Savannah.

—¡Jean Le Brun! —exclamó «Petaca Pat» bajando enseguida su escopeta, y murmuró con sarcasmo—: «Tentetieso» Le Brun para los amigos, que son... ¡ninguno!

—¡Buenas noches, *monsieur* O'Grady! —repuso el otro, descubriéndose con su sombrero de tres picos y mostrando una repulsiva sonrisa de dientes largos, al tiempo que se inclinaba levemente.

Efectivamente, aquella especie de fantasma de carne y hueso que le había salido al paso a «Petaca Pat» era el francés Jean Le Brun, apodado «Tentetieso» Le Brun por su singular aspecto. Este personaje pertenecía a una distinguida familia de hugonotes de Nueva Orleans, allá en la Luisiana; pero, según se rumoreaba, debido a una serie de oscuras acusaciones de crímenes inenarrables, había puesto tierra por medio, y había ido a establecerse en la floreciente ciudad de Savannah, donde había adquirido una finca. Huelga decir que sujeto tan extraño y sombrío carecía casi por completo de vida social, aún entre los escasos colonos franceses del lugar. Con todo, era bien conocida su afición a vagar por las desoladas zonas costeras en busca de conchas marinas y ejemplares entomológicos, de los cuales se daba por sentado —aun sin ningún tipo de constancia— que debía poseer una colección capaz de suscitar la envidia de un Zwammerdam[9]. Sin embargo, los habitantes de la ciudad también cuchicheaban sobre otra clase de extrañas aficiones por parte de «Tentetieso» Le Brun, relacionadas con inefables experimentos médicos con los esclavos de su hacienda, en una especie de laboratorio instalado en el sótano de su morada, y de horripilantes gritos en la oscuridad de la noche que, desde luego, no parecían tener nada que ver con intempestivos escarmientos a golpe de látigo...

Como la mayoría de los habitantes de Savannah, «Petaca Pat» no sentía la menor simpatía por «Tentetieso» Le Brun; pero debido a las circunstancias, no pudo por menos de sentirse reconfortado al encontrar compañía, aunque fuera la de tan infausto personaje.

—¡Vaya, *mesié* Le Brun! —dijo tratando de resultar cordial—. ¡No podéis imaginaros cuánto me alegro de veros! Siempre es de agradecer encontrarse con algún conocido por estos parajes, sobre todo después

---

[9] No hay constancia de este supuesto entomólogo, citado por Poe en su famoso relato *El escarabajo de oro*. Este capítulo contiene un homenaje al mencionado relato.

de anochecer... La verdad que no es un lugar muy grato para andar a solas a estas horas. Bueno, a mí resulta que se me ha echado el tiempo encima cazando patos; pero, ¿qué hacéis vos aquí?

Esta pregunta agradó visiblemente a «Tentetieso» Le Brun, quien, sonriendo de oreja a oreja, sacó de uno de los bolsillos de su casaca un tarro de cristal y se lo mostró al pequeñuelo irlandés. Dentro de aquel tarro, «Petaca Pat» vio un bichejo de un sorprendente color dorado, aproximadamente del tamaño de una nuez, con una serie de manchas negras en el caparazón, cuyo dibujo sugería una calavera.

—Pues, precisamente, yo también andaba de *caza* —explicó ufano el espigado francés—, cuando atrapé a este encantador animalito. Creo que se trata de una especie de *scarabaeus* desconocido, que debe formar un nuevo género —y acercando aún más el tarro a las narices de O'Grady, añadió—: ¡Y bien! Decidme vos, ¿no os parece la cosa más encantadora del mundo?

—¡Oh! ¡Por supuesto que sí! —repuso «Petaca Pat», sin disimular una mueca de repugnancia—. Por lo que veo, debe tratarse de algo así como un ejemplar de *scarabaeus kaput hominis* —observó con sorna, apartando la mirada del tarro que encerraba a tan formidable sabandija, al tiempo que mandaba mentalmente al infierno a toda la especie de los escarabajos—. Pero, *mesié* Le Brun —añadió—, será mejor que os guardéis eso y regresemos a la ciudad cuanto antes.

Al escucharlo, el largo y escuchimizado rostro del francés recuperó enseguida su expresión sombría. Y, tras meter de nuevo el tarro en su bolsillo, siguió en silencio al retaco irlandés.

A medida que se aproximaban a la ciudad, tomaron una estrecha senda arenosa bordeada por una hilera de enormes robles, de cuyas voluminosas y retorcidas ramas pendían espesos guiñapos de musgo. El panorama se volvía por momentos más tenebroso, pero las cercanas luces de la población alentaban a los caminantes a seguir adelante, así como la tranquilidad de los perros que les acompañaban. En aquel lugar, los setters de «Petaca Pat» empezaron a corretear alegremente en zigzag, olisqueando el suelo. Inmediatamente después los seguía el botijo con patas de su amo, avanzando medio a gachas y a lentas pero largas zancadas —es decir, tan largas como daban de sí sus cortas piernas—, mientras lanzaba escrutadoras miradas a su alrededor, escopeta en ristre, tal como si todavía anduviera a la caza de alguna presa. Y cerrando la marcha iba «Tentetieso» Le Brun, evolucionando, por el contrario, a pasos breves y rápidos, tieso como un huso, sin cesar de dirigir ojeadas de refilón en derredor. No se oía otra cosa que el murmullo de sus pisadas en la mullida arena del camino y el ocasional zumbido de algún mosquito, hasta que el francés rompió su silencio.

—*Monsieur* O'Grady —dijo—, os enterasteis de lo que le sucedió al viejo McDowell, ¿verdad?

Al escucharlo, el diminuto irlandés dio un respingo, y ladeando la cabeza por encima de un hombro gruñó:

—¡Callaos, por Dios! No digáis una palabra más. No quiero acordarme de eso precisamente ahora.

«Tentetieso» Le Brun esbozó una sonrisa ladina, contemplando la encorvada espalda de «Petaca Pat». A pesar del temor que le infundía también a él recordar aquel horrendo suceso, su carácter morboso le inducía a sacarlo como tema de conversación en aquellos momentos. Además, la turbación de su acompañante parecía reportarle un regocijo perverso. Así que continuó:

—Ciertamente, tuvo una muerte espantosa. Pero, decidme vos, ¿creéis que su asesino fue ese endiablado negro al que llaman «La Bestia»?

—¡Por todos los santos! —farfulló colérico «Petaca Pat», girándose de nuevo hacia el francés—. ¡No volváis a mencionar a ese engendro de Satanás!

—¡Que el diablo me lleve si se me ocurre hacerlo! —juró «Tente-tieso» Le Brun con sarcasmo—. Como si no fuera suficiente lo que se cuenta sobre los fantasmas que rondan por estos lares, sólo faltaría invocar a ese...

Mas antes de terminar lo que iba a decir, el morboso franchute calló de sopetón. Y con su rostro crispado en una mueca de pavor que lo hacía todavía más desagradable a la vista, señaló hacia un lado de la senda, a la par que, con voz temblorosa, cloqueaba:

—¡En el nombre del Cielo! ¡Mirad allí!

Entonces O'Grady, también sobresaltado, dirigió la vista hacia el punto que le indicaba. A través de un claro que se abría entre los árboles podía verse un prado cubierto de altas hierbas. La luna iluminaba vivamente aquel paraje, en el cual aparecía una figura solitaria,

plantada allí como un espantapájaros en medio de un trigal. Sin embargo, aquello no era un burdo muñeco de paja espetado en un palo, sino un negro colosal, el cual parecía vigilarlos atentamente con su único y resplandeciente ojo rojo...

—¡Que Dios se apiade de nosotros! —farfulló «Petaca Pat»—. Es... ¡«La Bestia»!

En ese momento, los perros del cazador gimieron y erizaron el lomo, y corrieron a refugiarse junto a su amo.

—*Mondieu!* —susurró «Tentetieso» Le Brun, ocultándose ridículamente, a su vez, tras la minúscula figura del irlandés—. ¡Se diría que nos estaba esperando!

Por unos instantes, «Petaca Pat» observó con tanto pasmo y espanto como su acompañante al nefando negro, que permaneció inmóvil en medio del prado. Pero de pronto, como si hubiera vuelto a rebullir tras escuchar las últimas palabras del francés, se armó de coraje y gruñó:

—¡Ah! ¿Sí? ¡Pues ahora va a saber ese maldito negro quién es Pat O'Grady!

Un segundo después se echó la escopeta a la cara, apuntó a la inmensa figura y disparó. El estampido del arma resonó estruendosamente en el silencio de la noche. Acto seguido, el ufano irlandés bajó el arma, convencido de que había hecho blanco; mas para su indecible chasco, vio que el ogro negro seguía en pie, sin inmutarse. En ese momento, la luna brilló con mayor intensidad, y O'Grady y Le Brun advirtieron el cuchillo que empuñaba con la diestra. Entonces, como si el estampido de la escopeta lo hubiera hecho reaccionar, Pluto se agitó y, profiriendo un sordo gruñido de rabia, echó a correr a toda velocidad hacia ellos.

Oh, al ver a aquel ser monstruoso en plena estampida, encorvado y con sus largos brazos casi rozando el suelo, «Petaca Pat» y «Tentetieso» Le Brun gritaron al unísono. Por fortuna, pensaron, se encontraban bastante cerca de la ciudad, de manera que cabía la posibilidad de que lograran ponerse a salvo antes de que «La Bestia» los alcanzara. Pero sus esperanzas se desvanecieron enseguida al ver que, repentinamente, el abominable negro cambiaba de dirección y, en vez de enfilar hacia ellos, daba un rodeo y se plantaba en medio de la senda, cortándoles el camino hacia la población.

Entonces cundió el mayor espanto entre los dos hacendados. «Petaca Pat» arrojó su escopeta al suelo y se internó de un salto en las espesuras a un lado de la senda, mientras que «Tentetieso» Le Brun se precipitó inconscientemente en la dirección opuesta. En cuanto a los perros del cazador, se olvidaron totalmente de su amo y, gañendo con el rabo entre las patas, se esfumaron en un periquete por otro hueco entre los árboles.

En su frenética huida a través del lóbrego bosque, cada cual imaginó que «La Bestia» le perseguía, confundiendo el crujido de sus propias pisadas en la maleza con las de aquel engendro del averno. Por su parte, «Tentetieso» Le Brun corría a grandes zancadas con sus largas piernas, cuyos pies parecían apenas tocar el suelo. A cada tranco que daba, el desmirriado francés temía caer de bruces por tierra, tropezando con las raíces de los robles, o romperse la crisma contra alguna de sus ramas bajas, cuyos espesos colgajos de musgo tenía que apartar a manotazos para atisbar su improvisado camino. Por suerte para él, la luz de la luna se filtraba en numerosos haces entre los árboles, de modo que gracias a aquella iluminación, aunque tenue y mortecina, se las apañaba para no darse de narices contra algún tronco. Y así, corre que te corre, continuó su vertiginosa carrera hasta que, agotado y casi sin aliento, buscó escondite entre unos arbustos. Allí se mantuvo agazapado y con el oído alerta. Durante algún tiempo fue incapaz de escuchar otra cosa que su respiración entrecortada y los latidos de su corazón, en medio del siseo de las hojas de los arbustos sacudidas por sus temblores. Pero cuando por fin consiguió serenarse un poco, no percibió ningún otro sonido inquietante.

El hecho de no escuchar ruido alguno de pisadas contribuyó a su progresivo sosiego, aunque al mismo tiempo no pudo por menos de sorprenderle la extraña calma que lo envolvía. Entonces, intrigado, el hacendado francés se atrevió a echar un vistazo fuera de su escondrijo y, apartando con suma cautela las ramas de los arbustos, asomó su chupado rostro entre la hojarasca. Acto seguido, escudriñó los alrededores hasta donde se lo permitían las sombras del bosque, y suspiró aliviado al no advertir el menor rastro del gigante negro. Sin embargo, en ese momento le turbó una aciaga premonición. Y de pronto, aquella premonición se convirtió en la pavorosa convicción de que había alguien detrás de él. Entonces, «Tentetieso» Le Brun se dio la vuelta y el corazón le dio un brinco en el pecho; pues, efectivamente, ¡justo a sus espaldas se encontraba «La Bestia»! No podía explicarse cómo había logrado llegar hasta él sin hacer el más leve ruido que lo delatara, pero allí estaba aquel ser demoniaco. Pluto se irguió sobre el aterrado francés en toda su colosal estatura, atravesándolo con la mirada llameante de su ojo, y una espantosa sonrisa marfileña de dibujó en su rostro, a la par que alzaba su cuchillo...

Entretanto, «Petaca Pat» había proseguido su despavorida huida a través de las espesuras, cuando de repente escuchó un espantoso y largo alarido que le hizo detenerse en seco. A continuación, llegó a sus oídos una sucesión de gritos entrecortados, pero transidos de una agonía que los hacía aún más horripilantes que el clamor anterior. Durante unos instantes, el diminuto irlandés se quedó como petrificado, sin poder hacer otra cosa que escuchar aquellos alaridos, de cuya autoría, por supuesto, ¡no le cupo duda que era «Tentetieso» Le Brun! Cuando por fin cesaron, sintió cómo la sangre volvía a circularle por las engarrotadas piernas, y, dando un bote en el aire, se lanzó de nuevo a todo correr. No obstante, poco después aminoró la velocidad y, tras dar unos cuantos traspiés en la maleza, volvió a detenerse. Aquella segunda parada, empero, no se debió a que se hubiera quedado sin resuello, sino a la súbita apreciación de un percance que lo dejó totalmente desconcertado.

El caso fue que, de buenas a primeras, O'Grady se percató de que había perdido el rumbo. Mirara adonde mirase, no divisaba ni una lucecilla esperanzadora que pudiera indicarle en qué dirección estaba la ciudad. Entonces comprendió que al reanudar su carrera, aturrullado por los espeluznantes gritos que había escuchado, se había desviado inconscientemente de su objetivo. Con indescriptible angustia, trató de penetrar la frondosidad de los inmensos arbustos que ahora lo rodeaban, en busca de alguna señal luminosa, por minúscula que fuera; pero por más que aguzó la vista, no consiguió captar ninguna otra luz que la de la luna y las estrellas, allá arriba en el oscuro cielo. Preso del mayor desconcierto, «Petaca Pat» había vuelto a quedarse clavado como una estaca donde estaba, cuando oyó un ruido a sus espaldas que atrajo su atención. Al principio no fue más que una apagada agitación de hojas; mas pronto aquel sonido se intensificó, a medida que se acercaba velozmente a su posición. Entonces, en medio de los chasquidos de la maleza, pudo distinguir un gruñido ronco e intermitente, como si un enorme oso estuviera atravesando el bosque en estampida...

El hacendado irlandés miró hacia el punto del que provenía aquel espantoso bullicio con ojos enloquecidos, e inmediatamente se lanzó otra vez a todo correr. No tenía la menor idea de si se estaba acercando o alejando de la ciudad, pero eso ya no le importaba; tan sólo lo dominaba una única y desesperada idea: ¡escapar del monstruo que lo perseguía! Sin poder evitar hacer un ruido que le resultaba estrepitosamente delator, se abrió paso a duras penas entre los arbustos que se alzaban como una muralla ante él. Aquella masa de ramas y hojarasca parecía no tener fin, pero en menos tiempo del que había estimado salió de ella trastabillando a un espacio despejado. Entonces, mientras recuperaba el aliento, encorvado con las manos apoyadas sobre las rodillas, «Petaca Pat» echó un vistazo a su alrededor.

Ante él se extendía uno de los numerosos pantanos que anegaban la región. Sus aguas estaban tan preñadas de hierbas y cañaverales, que casi no se distinguían de la tierra firme. En las espesuras de aquella ciénaga, las ranas croaban con su habitual y estridente monotonía, en tanto que un enjambre de luciérnagas danzaba sobre ella. Por más que escrutó sus contornos, el desolado O'Grady no descubrió ninguna franja de arena que le permitiera atravesar el pantano, pero a escasa distancia de la orilla se alzaba un islote. Aquella leve prominencia estaba salpicada de hierbajos mustios y agrupaciones de cañas esqueléticas, y justo en el centro de la misma se erguía un inmenso y solitario roble, o mejor dicho, lo que quedaba de él; pues se trataba de un tronco pelado, quebrado a la altura de la copa por un rayo durante alguna tormenta, el cual se mantenía aún en pie, mas convertido en una mojón sin vida.

Mientras «Petaca Pat» lo observaba, se fijó en que había una hendidura en el tronco del roble. Sin lugar a dudas, aquel agujero había sido obra de las termitas, que habían devorado las entrañas del árbol muerto. La boca de ese agujero se hallaba a ras de suelo, y era poco más grande que la entrada de una caseta de perros, aunque lo suficientemente ancha, según pudo apreciar, como para dar cabida a su pequeñuelo cuerpo. Entonces, sin planteárselo dos veces, el hacendado irlandés se adentró en el pantano, abriéndose paso con el mayor sigilo entre su tupida vegetación, hasta que llegó al islote. Y una vez allí, se acercó al agujero del roble y se deslizó a gatas en su interior. A decir verdad, no estaba muy convencido de haber hallado un buen escondite para burlar a su perseguidor, pero decidió quedarse en aquel agujero hasta que amaneciera, momento en que se suponía que el espectro maligno de Pluto regresaba a su tumba. Entonces, pensó O'Grady, se dirigiría él a su morada, y por nada del mundo volvería a demorarse tan estúpidamente como lo había hecho aquel día en ningún lugar solitario.

Después de jurarse lo último con trémula solemnidad, se caló el sombrero hasta las cejas y se arrebujó en su casaca, de cuclillas como estaba agazapado en su madriguera, y se puso a vigilar el pantano por el agujero de la entrada. En esto, le pareció percibir un chapoteo en las aguas, casi solapado por el resonante croar de las ranas. Angustiado, con el rostro perlado de sudor y los ojos como platos, el diminuto irlandés se encogió todavía más, con la expectación pintada en su crispado semblante. Poco después escuchó unas tenues pisadas en la arena del islote, cada vez más próximas a la entrada de su escondite... Los ojos de «Petaca Pat» se agrandaron a tal punto, que parecía que iban a saltarle de la cara como dos bolas de billar. Allá afuera no se veía nada, pero presentía que alguien estaba merodeando alrededor del carcomido roble. Un instante después, pegó un respingo al oír unos golpes secos en la corteza externa del árbol muerto, que resonaron en su hueco interior de manera similar a un barril atizado con un garrote. Entonces, el terror del retaco hacendado alcanzó su paroxismo cuando vio asomar a la boca de su guarida la negra silueta de una enorme cabeza, en la que refulgía un solo ojo rojo, y bajo el cual resplandecía como una media luna una sonrisa feroz...

Unos instantes después, otro espeluznante y prolongado alarido volvió a turbar la quietud de la noche, al cual siguió un estallido de chillidos más cortos, pero aún más horrendos, de un indescriptible espanto mezclado con una agonía atroz. Y luego, volvió a reinar una abrumadora calma en la oscuridad.

En efecto, «La Bestia» había saciado su sed de venganza una vez más. Y al día siguiente, cuando los habitantes de Savannah registraron las marismas de los contornos, presintiendo temerosos lo que había sucedido, hallaron los cadáveres degollados, tuertos y desorejados de «Petaca Pat» O'Grady y Jean «Tentetieso» Le Brun.

4
Historia de «La Ogra de Savannah»

Había pasado casi una semana de la muerte de los dos hacendados de Savannah. Desde entonces, «La Bestia» no había vuelto a cometer ningún asesinato, quizá porque los señores de Georgia habían extremado sus precauciones. Sin embargo, a nadie le cabía duda de que, más pronto que tarde, gritos de terror volverían a turbar la paz nocturna, y al día siguiente sería encontrado el cadáver de alguna nueva víctima del demonio negro aniquilador de hombres blancos. Tan sólo era cuestión de tiempo que algún terrateniente bajara la guardia, pagando su descuido con la vida, y dejando un feo fiambre con la garganta cortada, un ojo vaciado y las orejas cercenadas. Tal era la convicción de los georgianos, quienes mientras esperaban a que esto sucediera rememoraban los nombres y encuentros de las últimas víctimas de Pluto. Y eran los esclavos negros quienes más cuchicheaban al respecto, con una mezcla de pavor y admiración hacia el gigante bestial, si bien sus comidillas carecían del entusiasmo propio de un nuevo crimen...

Al final de una calurosa tarde de agosto, cuando el sol poniente bañaba con su luz escarlata la tierra, Apollo y algunos de sus compañeros estaban descansando a la sombra de unos melocotoneros en los campos de su hacienda. Todos fumaban relajadamente sus pipas de arcilla, con ese especial regusto con que se saborea el tabaco —aun de ínfima picadura, como lo era el suyo— al término de una dura jornada.

—El sol se pone gloriosamente —masculló uno de ellos con la pipa entre los dientes, mientras contemplaba embelesado el crepúsculo—, y pronto la oscuridad nos reconfortará con su frescura... Pero me temo que le espera otra mala noche a Pluto.

—¡Y tan mala! —remachó otro, escupiendo al suelo como si el tabaco le supiera a rayos, aunque enseguida siguió fumando con gusto—. Como que esta noche tampoco podrá mandar al infierno a ningún *massa* hijo de mala madre.

—Todos los *massas* son hijos de mala madre —sentenció el primero que había hablado, exhalando una humareda como un torbellino.

Sus palabras complacieron a los demás negros, que gruñeron significativamente y continuaron fumando con aire indolente; todos salvo uno, el único del grupo que no fumaba, quien, tras echar un vistazo temeroso a su alrededor, miró con severidad a los dos que habían hablado y gruñó:

—¡Cerrad el pico, charlatanes! Si os oyera el capataz, iría corriendo a contárselo al *massa*, ¡que os arrancaría la piel a tiras!

—¡Cállate tú, gallina! —replicó el sentencioso fumador, expeliendo dos chorros de humo por los ollares de su nariz—. Si el capataz se fuera de la lengua, se iba a enterar de quién soy yo. En cuanto al *massa*, hace ya rato que no anda por aquí.

—Se acabaron los paseos antes y después de oscurecer para los señoritos blancos —argumentó el otro osado negro, tras proyectar unos cuantos anillos de humo—. Ahora están todos encerrados en sus casas, por temor a «La Bestia».

Entonces intervino Apollo, quien había escuchado a sus compañeros con expresión desdeñosa, y, tras soltar una enorme humareda, dijo:

—Ya pueden esconderse como ratas en sus madrigueras, esos malnacidos, atrancando puertas y ventanas, e incluso durmiendo con una pistola debajo de la almohada, que si Pluto se lo propone entrará en sus moradas de todas maneras para arrancarles los ojos, las orejas y la vida. Además, no sería la primera vez que se diera el caso...

—¡Cierto! —repuso el fabricante de anillos de humo—. ¡Nada puede detener a Pluto! Ahora mismo acabo de recordar cuando despachó a aquella vieja bruja blanca, a la que llamaban «La Ogra».

—¡Por todos los diablos! —farfulló otro fumador, en medio de un repentino ataque de tos—. ¡Cuéntanos esa historia!

—¡No, él, no! —exclamaron los demás—. ¡Que la cuente Apollo, que él lo hace mejor que nadie!

—¡Maldita sea! —refunfuñó Apollo, sonriendo irónicamente con la pipa entre los dientes—. ¡Ya deberíamos estar en nuestro barracón! Pero os haré el gusto y contaré la historia de «La Ogra de Savannah» por el camino...

Dicho esto, se levantó del tocón de un melocotonero que le servía de asiento y se dirigió hacia el caserío de la hacienda. Y en el ínterin, con el peculiar tono enfático y pausado que lo caracterizaba, comenzó:

—¡Oh, sí, hermanos! La señora Hildegard Von Büttel, o *frau*[10] Hildegard, como la llamaban algunos amos blancos, llegó a ser conocida como «La Ogra de Savannah» por las atrocidades que cometía con sus esclavos... ¡Ahora mismo me parece como si la tuviera delante de mis narices! Vaya si recuerdo yo bien a esa arpía, pues la vi en persona una

---

[10] *Señora*, en alemán.

45

vez que fui con el amo a la ciudad. Y, a fe mía, era la mujer blanca más fea que me haya echado a la cara.

»Aquella tal *frau* Hildegard era tan gorda como una cerda a punto de parir una docena de lechones. Tenía la cara redonda como una torta, con una inmensa papada que le ocultaba totalmente el pescuezo. Sus pequeños y malignos ojos azules causaban una rara impresión en aquel rostro tan orondo y colorado como un tomate, así como su larga nariz y su pequeña boca, que parecían estar enterradas en medio de sus fofos cachetes semejantes a odres. ¡Ja! Es sabido que, además, estaba calva como un huevo, por lo que llevaba siempre la mollera cubierta con una cofia negra. E igual de enlutado era su vestido, el cual remarcaba sus enormes tetas y culo de vaca lechera, así como sus rollizos brazos, terminados en unas manazas con los dedos como salchichas. Ciertamente, daba grima ver aquel saco de manteca con patas, contoneándose como un gorrino hastiado, retemblando como una montaña de sebo a cada paso que daba, y amenazando con reventar las costuras y hacer saltar todos los botones de su apretujado traje.

»Según se cuenta, «La Ogra» Von Büttel provenía de no sé qué país llamado Alemania; y, a juzgar por lo raro de su apellido, no lo pongo en duda. El caso fue que emigró de su tierra junto con su marido; pero parece ser que aquél murió en misteriosas circunstancias durante la travesía en barco, de manera que *frau* Hildegard desembarcó sola en Georgia. Su hacienda se encontraba a orillas del río Savannah, en un rincón muy fértil y a resguardo de los malos vientos. Arrozales, maizales, campos de boniatos y sandías rodeaban su morada, sobre la cual se alzaba un tétrico olmo. ¡Oh, sí! Se dice que aquel árbol tenía un aspecto muy siniestro: un colosal mojón de ramas rotas y peladas, semejantes a estacas, sobre las que solían posarse bandadas de cuervos aviesos, los cuales se pasaban el día entero vigilando la casa mientras graznaban horriblemente. Desde luego, aquel funesto olmo y sus detestables huéspedes eran la cosa más fea de la Hacienda Von Büttel; por supuesto, eso después de su mismísima propietaria. Pero todavía más feas eran las cosas que sucedían en aquel lugar...

»A simple vista, la morada de *frau* Hildegard no tenía nada de particular, aparte de su curioso estilo, según los entendidos, de típica casa alemana, con tejado apuntado y fachada de vigas negras y paredes encaladas. En cuanto a su servidumbre, estaba compuesta tan sólo por dos sujetos, ambos paisanos de su señora: el primero, un rollizo y malencarado mostrenco que atendía al nombre de Hans; seboso como su ama, sí, y también lento como un caracol a la hora de cumplir cualquier mandato. La otra era una vieja pequeñaja y petuda, ¡que el diablo me lleve si recuerdo su nombre!, aunque eso no tiene la menor importancia; la cual era, a diferencia del tal Hans, hacendosa y vivaracha como una cucaracha.

»Pero volviendo a la descripción de la casa de «La Ogra». Se cuenta que en la parte trasera de la misma se erguía una misteriosa dependencia, de gruesos muros de piedra y estrechas ventanas en forma de aspilleras, cuyo portón estaba reforzado con una recia reja de hierro... Desde luego, aquel edificio resultaba muy raro, y daba a pensar que la vieja bruja alemana ocultaba en él algo que se había traído de su país y no quería que se conociera... ¡Pero ni aún todas las precauciones son suficientes para guardar un secreto! Los vecinos de la Hacienda Van Büttel solían referir cosas extrañas acerca de ruidos inquietantes, como amortiguados, que parecían proceder de aquella dependencia los sábados por la noche. Tales ruidos, decían, sonaban como rugidos de bestia y gritos de negros agonizando... A todo esto, a los demás amos blancos no dejaban de sorprenderles las frecuentes compras que hacía *frau* Hildegard en el mercado de esclavos de Savannah. Como no podría ser para menos, más de un curioso trató de sondearla a tal respecto; pero la bellaca los despachó con hosquedad, diciendo que aquellos condenados negros se le escapaban de la hacienda constantemente, aprovechando el menor descuido cuando los liberaba de sus cadenas para que desempeñaran sus labores cotidianas. Y en cuanto a los gruñidos y gritos que se escuchaban, negaba rotundamente que provinieran de su morada. Por supuesto, semejantes explicaciones no convencieron a los escamados señores de los contornos, pero como a ellos no les perjudicaban los manejos de «La Ogra» fingieron su desconcierto. En resumidas cuentas, así siguieron las cosas hasta que le llegó su hora a aquella hija de Satanás.

»Por aquel entonces, sucedió que murió el vejestorio que tenía por sirvienta *frau* Hildegard, de modo que tuvo que buscar una sustituta entre sus esclavas negras. La elegida fue una pobrecita samba con cara de mona y gorda como un cebón, que bien podría pasar por una parodia en negro de su ama, a la cual le había puesto por nombre Venus, como llamaban los romanos a su diosa de la belleza. ¡Ja! ¡Estaba buena «La Ogra» Von Büttel para reírse de la fealdad de nadie! Pues bien, el caso fue que esta tal Venus presenció la muerte de su señora a manos del implacable Pluto... ¡Pero no adelantemos acontecimientos!

»Esto ocurrió un sábado por la noche del pasado otoño, que resultó ser la primera vez que Venus supo lo que ocultaba *frau* Hildegard en el misterioso edificio de piedra. Esa noche, «La Ogra» mandó a su sirviente blanco traer a uno de sus esclavos negros a la casa. Se trataba de un vigoroso muchacho mandingo, que la vieja bruja había comprado recientemente en el mercado de Savannah. El pobre diablo fue presentado ante su ama cargado de cadenas, y temblaba de tal manera que los eslabones de sus grilletes no paraban de tintinear. ¡No en vano temía que iba a morir, pues ningún negro que entrara en la morada de «La Ogra» regresaba con los suyos para contarlo! No obstante, era tal el pavor que lo dominaba, que se dejó conducir a su presencia sin ofrecer la menor resistencia. Para su asombro, empero, *frau* Hildegard le hizo tomar asiento a la mesa de su cocina y lo agasajó con las sobras de su cena.

»Ni que decir tiene que el mandingo apenas tuvo apetito para dar cuenta de los manjares que se le ofrecieron, mientras la arpía de su ama lo observaba con una sonrisa ladina, animándolo a dejar limpio el plato que puso ante él la poco menos apabullada Venus; pues bien comprendía ella, también, que aquel privilegio lo iba a pagar el infeliz con su vida... Con todo, el muchacho complació a su señora comiendo a dos carrillos, encogido y tembloroso en su silla, sin atreverse a alzar la mirada. Entretanto, «La Ogra», sentada frente a él, no le quitaba ojo de encima, devorándolo con sus pequeños y penetrantes ojos azules, que pronto adquirieron un tinte sanguinolento, ya que la solicitada Venus no cesaba de servirle una copa tras otra de un licor muy espirituoso, contenido en una gran garrafa de porcelana, hasta el punto de que su fofa jeta adquirió el tono excesivamente rojo de un tomate podrido. ¡Ah! Entonces *frau* Hildegard se puso en pie, tambaleándose como una puerca empachada, y con voz chillona ordenó a Hans, su sirviente, que llevara al muchacho a la parte trasera de la casa. En ese momento, el mandingo se aferró a la mesa con desesperación, mirando aterrado a aquellos dos demonios blancos. El ceñudo Hans le hizo seña de que se levantara, pero él no obedeció. No obstante, al ver que blandía un látigo con gesto amenazador, se puso en pie de inmediato. Y acto seguido, salieron todos de la cocina.

»Como si se tratara de una fúnebre procesión, la ama y sus criados atravesaron en fila el oscuro pasillo que conducía al patio trasero de la casa. El fornido mandingo encabezaba la marcha con paso vacilante, tiembla que te tiembla, haciendo tintinear sus cadenas, seguido por el corpulento y hosco Hans, sujetando con una mano su látigo y con la otra un candelabro. A continuación, iba la sebosa *frau* Hildegard, ana-deando como un pato mareado y sin cesar de trasegar, ahora a morro, de la garrafa que había traído consigo. Y tras ella iba la rechoncha Venus, tan trémula como el desdichado muchacho, empuñando otro candelabro. Pronto llegaron al patio donde se alzaba el siniestro edifi-cio de piedra, ante cuya puerta se detuvieron. En esto, se dejaron oír unos gruñidos apagados tras el portón enrejado, como si lo que quiera que se hallara encerrado allí dentro hubiera advertido su presencia. Entonces, Hans tomó el manojo de llaves que pendía de su cinturón y abrió la chirriante cancela, y luego la crujiente puerta, tras lo cual empujó al despavorido mandingo hacia el interior.

»La luz de las velas iluminó lúgubremente una amplia estancia va-cía, a excepción de un puñado de candeleros de hierro, que bordea-ban la negra boca de un foso que se abría justo en el centro de la habitación. En ese momento, el grupo detenido a la entrada percibió un fuerte tufo a carroña, a la par que escuchó resonar más vivamente los gruñidos, sin duda procedentes de aquel foso, en cuyo tono bestial se podía apreciar una escalofriante nota de ansiosa voracidad…

»Oh, aquello fue ya demasiado para el horrorizado mandingo, que de repente trató de escapar arremetiendo contra el sirviente de *frau* Hil-degard. Pero, a pesar de ser un negro fortachón, fue como si se estrellara contra una montaña. El torvo Hans ni se inmutó cuando el muchacho se aplastó contra él, pero reaccionó enseguida golpeándolo en la cabeza con la empuñadura de su látigo, y el desgraciado se derrumbó aturdido a sus pies. Acto seguido, Hans se espetó el látigo en el cinturón, luego agarró al negro por el cuello de su andrajosa camisa y lo arrastró habi-tación adentro, dejándolo tendido al borde del foso; hecho lo cual, se puso a prender uno por uno los candeleros con las velas de su candela-bro. Entretanto, «La Ogra» Von Büttel entró bamboleándose y carca-jeando en la estancia, mientras que la apabullada Venus permaneció acurrucada junto al portón, temblando como un flan. Desde luego, ¡el terror que la embargaba era mucho mayor que su curiosidad por saber qué clase de horrible bestia se hallaba confinada en aquella sima infernal, cuyos voraces gruñidos crecían en intensidad a cada instante! No obstante, por no enojar a su ama, que se había asomado a la boca del foso y le hacía señas para que ella también se acercara, se atrevió a dar unos cuantos pasos vacilantes dentro de la estancia.

»Una vez que Hans hubo terminado de encender todos los candeleros —operación que ejecutó con la suma lentitud que caracterizaba a aquel pachorrudo mastodonte blanco—, las palpitantes llamas disiparon la oscuridad de la habitación, al tiempo que hacían bailar en sus toscas paredes de piedra las informes sombras de los visitantes. Aquella luz, empero, no era suficiente para alumbrar el fondo del foso, donde su rugiente morador ahora se agitaba inquieto, revolviendo algo que sonaba como un montón de tablas desperdigadas por el suelo. Sin embargo, aún sin ver qué podía ser aquello, la aterrada Venus intuyó que no eran precisamente *tablas* lo que alfombraba el cubil de la misteriosa bestia...

»Mientras tanto, Hans tomó una larga pértiga, en cuyo extremo había atada una antorcha que prendió en uno de los candeleros. A continuación, se acercó al borde del foso y, bajando la llameante antorcha, prendió una serie de hachones encajados en sus paredes. Pronto, una viva luz roja como las llamas del averno iluminó el fondo del foso, alumbrando a su vez el abotagado rostro alongado de «La Ogra», cuyas malignas carcajadas retumbaban con pavoroso estrépito en la estancia, junto a los rugidos feroces de la excitada bestia que se revolvía allá abajo. En ese momento, el mandingo volvió en sí, y, aunque no tuvo valor para asomarse al foso y contemplar el horror que le aguardaba, chilló con toda su alma, revolviéndose en el suelo y sacudiendo sus cadenas como un poseso. Pero en esto, volvió su rostro crispado y sudoroso hacia la entrada de la cámara, donde vio algo que lo hizo enmudecer de golpe. Extrañados, los demás dirigieron sus miradas hacia el mismo punto, y las estrepitosas risotadas de *frau* Hildegard también cesaron abruptamente...

»Efectivamente, allí estaba la peor pesadilla de los hombres blancos, el azote de esclavistas, el vengador de nuestra raza oprimida: ¡Pluto, «La Bestia de Georgia»! El gigante negro yacía plantado como una estatua en el vano del portón, ocupándolo casi por completo con su enormidad. Las rojas llamas de los candeleros centelleaban en su único ojo, y se reflejaban tenuemente en su horrible pellejo chamuscado y su cuchillo manchado de sangre seca... Oh, nadie sabía cómo había llegado hasta allí; pero, desde luego, ¡ahora eso no tenía la menor importancia!

»Durante unos instantes, Pluto permaneció clavado como una estaca en su sitio, y luego entró en la estancia con su habitual andar gorilesco, quedo y lento. Pasó junto a la petrificada Venus como si no reparara en ella, y en verdad que no lo hizo, pues su resplandeciente ojo estaba fijo en «La Ogra» Von Büttel con terrible intensidad. Ésta, al igual que los demás, se había quedado de una pieza ante aquella terrorífica aparición, con los ojos y la boca desmesuradamente abiertos, como si estuviera a punto de gritar; pero de su garganta no brotó ni el más leve gemido. Sin embargo, pronto *frau* Hildegard salió de su estupor gracias a un pequeño incidente: la caída de la garrafa que sostenía entre sus crispadas manos, que se estrelló a sus pies haciéndose añicos. Y ciertamente aquel chasquido, casi ensordecido por los atronadores rugidos procedentes del foso, la espabiló como por ensalmo. Entonces, la vieja bruja aulló con todas sus fuerzas el nombre de Hans, instándole que la defendiera del coloso negro que estaba a punto de cernerse sobre ella.

»¡Por todos los diablos! ¡Cuesta creer que alguien osara hacerle frente a «La Bestia de Georgia»! Pero, sorprendentemente, aquella especie de mastodonte que era el tal Hans, se dispuso a enfrentarse a él. Haciendo gala de un ímpetu en absoluto acorde con su cachaza habitual, el torvo y silencioso sirviente blandió enseguida su látigo, y sacudiéndolo en el aire, por encima de su cabeza, avanzó a grandes zancadas hacia Pluto. No obstante, de nada le sirvió aquella muestra de coraje, pues nada más llegarse hasta el impasible gigante negro, éste le atravesó el corazón de una cuchillada. El mostrenco blanco se derrumbó en el suelo sin proferir ni un quejido, y Pluto pasó por encima de él pisoteándolo como un felpudo, prosiguiendo su camino en derechura hacia su señora.

»En ese momento, *frau* Hildegard volvió a gritar con toda su alma, sin atreverse a dar un paso en ninguna dirección, y en un periquete «La Bestia» se plantó ante ella como una torre. En un abrir y cerrar de ojos, asió a la gorrina blanca por su fofo pescuezo, levantándola en el aire y suspendiéndola sobre la boca del foso. Entonces los gruñidos de la bestia confinada allá abajo se convirtieron en estruendosos bramidos de la más feroz ansiedad. «La Ogra» se debatió frenéticamente en el aire, agitando pies y manos; pero el descomunal brazo de Pluto tenía la firmeza de una viga de hierro. Por unos instantes, atravesó a la despavorida arpía con la mirada de su ojo candente, y de seguido alzó su cuchillo. Con un movimiento frío y calculador, acercó la punta del mismo a su ojo derecho y se lo enterró. *Frau* Hildegard profirió un tremebundo aullido y se sacudió aún con mayor violencia, al tiempo que borbotones de sangre corrían por su oronda jeta. Acto seguido, con la misma sádica lentitud, el coloso negro le cortó las orejas, las cuales cayeron como piltrafas al fondo del foso. Pero el monstruo ru-

giente que yacía en su interior no tuvo que conformarse con tan mísero aperitivo, pues, una vez concluida la escabechina, Pluto soltó a la desgañitada *frau* Hildegard, que cayó como un fardo allá abajo.

»¡Ah! ¡Entonces los alaridos de «La Ogra» se entremezclaron con los bramidos de la bestia! Sin embargo, aquel espeluznante pandemónium pronto cesó, y a continuación resonaron en la cámara crujidos de carne desgarrada y huesos quebrados… La pobrecita Venus y el muchacho mandingo, quienes habían presenciado aquella horripilante escena mudos de espanto, observaron de seguido cómo Pluto contemplaba con inmutable frialdad el banquete del monstruo del foso durante algún tiempo, hasta que por fin se dio la vuelta y, sin prestarles la menor atención, se encaminó pesadamente hacia la puerta de la pavorosa estancia, desapareciendo en un periquete en las tinieblas que se extendían más allá de la trémula luz escarlata de los candeleros.

»Al día siguiente, las autoridades de Savannah y una multitud de curiosos acudieron a la Hacienda Von Büttel. Efectivamente, fue Venus quien nada más amanecer corrió como una loca a la ciudad para dar aviso de lo que había ocurrido. ¡Más le hubiera valido fugarse con el mandingo! Al cual, tuvo la bondad de liberar de sus cadenas para que escapara. Sin embargo, aquella pacata samba tenía tanto miedo a ser capturada y castigada, que prefirió permanecer sumisa al duro yugo de la esclavitud. Con todo, no se salvó de recibir unos cuantos azotes, pues el negro fugitivo fue atrapado días después por un grupo de batida, y el muy desagradecido confesó quién había sido su libertadora. En definitiva, que la desdichada Venus estaba sentenciada, tal como el mandingo, a ser fustigada... ¡Pero concluyamos de una vez esta historia!

»Como queda dicho, fue la sirvienta de *frau* Hildegard quien informó a los hombres blancos de la muerte de su ama a manos de Pluto. Pues bien, nada menos que el gobernador de Savannah, junto a otros altos cargos de la ciudad, se encargó de inspeccionar en persona la casa de la hacendada. ¡Ay! ¡Y fue a partir de ese momento cuando «La Ogra» Von Büttel fue conocida como tal, tras descubrirse su horrible secreto!

»Cuando los investigadores entraron en el tenebroso edificio de piedra que se encontraba en la parte trasera de la casa y se asomaron al foso, se estremecieron ante el terrorífico espectáculo que se ofreció a sus ojos. ¡Oh, sí! ¡La luz de los candeleros y hachones, que habían vuelto a encender, les reveló el horror que se ocultaba en aquella inmunda sima! A unos doce pies de profundidad se veía un revoltijo de huesos humanos, pertenecientes a los esclavos que su sanguinaria ama arrojara allí cada sábado por la noche para alimentar al monstruo que la divertía devorándolos. La mayoría de aquellos esqueletos estaban destrozados y completamente descarnados, a excepción de unos cuantos que aún conservaban algunos pedazos de carne putrefacta. Y por supuesto, los restos más abundantes y recientes pertenecían al cadáver de la mismísima *frau* Hildegard, con la cual se había saciado por última vez su abominable mascota...

»El caso es que ninguno de los presentes podía concebir qué clase de engendro devorador de hombres podría hallarse abismado en aquel horrendo foso, pero las luces que volvían a relucir en su cubil lo hicieron despertar de su sueño y mostrarse a sus expectantes miradas. Sin embargo, resultó que el monstruo no era precisamente una abominación demoniaca, como habían llegado a imaginar. Pronto, la bestia salió gruñendo de una covachuela que se abría a un lado de la pared del foso. Se trataba de una criatura inmensa, de hirsuto pelaje pardo, que caminaba a cuatro patas, contoneándose pesadamente, la cual estaba dotada de grandes colmillos y enormes zarpas...; pero no era más que un oso. ¡Un simple oso! Aunque no perteneciente a ninguna de las especies que habitan los bosques americanos, sino uno de la remota Alemania. ¡Extraña mascota se había traído consigo «La Ogra» Von Büttel a Georgia, para solazarse con el terrorífico espectáculo de verla saciarse con carne de negro!

»Más tarde, algunos marineros del puerto de Savannah recordarían un acontecimiento que se le había escapado a los habitantes de la ciudad, a saber: la descarga de una enorme y misteriosa jaula, cubierta con lona de vela, la noche de la llegada de *frau* Hildegard. Aquella jaula fue arriada con una grúa desde el barco sobre un carretón en el muelle, el cual condujo de inmediato Hans, el esbirro de «La Ogra», a la Hacienda Von Büttel. No obstante, lo que no deja de resultar un enigma es que no se mencionara nada de esto hasta que se descubrió todo el pastel...

»En cuanto al oso devorador de negros, fue abatido a tiros por sus descubridores, y desde entonces su peludo pellejo yace como alfombra ante la chimenea del gobernador de Savannah. Por último, baste decir que actualmente la morada y las tierras de *frau* Hildegard, «La Ogra» Von Büttel, pertenecen a otro próspero hacendado de la ciudad. Es sabido que su nuevo propietario —un amo, por lo demás, mucho más compasivo con sus esclavos que aquella vieja bruja alemana—, mandó demoler la tenebrosa dependencia trasera de la casa. Sin embargo, parece ser que aún hoy en día, los sábados por la noche, se siguen dejando oír los fantasmagóricos rugidos de la bestia y los alaridos de sus víctimas procedentes del foso cegado; pero, gracias al cielo, como un rumor apenas audible, para indecible alivio del nuevo señor de la Hacienda Von Büttel.

Apollo acababa de terminar su sobrecogedora historia, cuando cruzó con su camarilla de absortos oyentes el portón de su hacienda y se dirigieron a su barracón.

5
La matanza en la taberna

L a noche había vuelto a caer sobre Georgia. Como comentaran poco antes Apollo y sus compañeros, los hombres blancos, sobre todo los hacendados, habían evitado cualquier tipo de actividad que los retrasara en regresar a sus hogares antes de la puesta de sol. Sin embargo, pese al clima de terror que se respiraba en toda la colonia, nunca faltaban algunos desaprensivos a los que la bebida y las ganas de juerga retenían más tiempo del conveniente en cualquier tugurio. Y así se daba el caso, una noche más, en la taberna El Cardo y el Guantelete, situada a las afueras del pueblo de Darien, donde días atrás se había demorado tan fatídicamente Ira «Látigo» McDowell.

Esta taberna se encontraba en medio de un cabañal protegido por una estacada, y se diferenciaba del resto de las moradas entre las que se alzaba por ser de mayor tamaño. Se trataba de un edificio de dos pisos: el primero era de ladrillo, pero el segundo estaba construido con troncos de pino y techado con hojas de palmito erizado, al estilo de las toscas y peculiares viviendas del lugar. Además, era la única que poseía ventanas con cristales, aparte de postigos. Su fachada principal estaba compuesta por un porche sombrío, una puerta baja y ancha, y un par de pedruscos colocados a guisa de escalones.

Si aquella noche algún curioso habitante del cabañal se hubiera atrevido a abandonar la relativa seguridad de su hogar para echar una ojeada por las ventanas de la taberna, se hubiera sorprendido por el inusual panorama que ofrecía su salón. Aun siendo pleno verano, ardía un buen fuego en la chimenea, donde humeaba una olla de sopa que iba a ser la cena de los huéspedes que todavía no se habían atiborrado demasiado de whisky. Sin embargo, no se escuchaba el acostumbrado parloteo de los bebedores ni el entrechocar de los picheles de estaño, sino una algazara aún más estruendosa y desaforada de lo común. La rudimentaria barra del bar y las desportilladas mesas y sillas del salón estaban desocupadas, y toda la clientela estaba apelotonada en un rincón.

Aquel tumulto estaba organizado por media docena de sujetos sucios y desarrapados, una canalla de la más baja estofa recién llegada a Georgia. La rojiza luz del fuego iluminaba tenebrosamente sus rudos semblantes, mientras reían a carcajadas y farfullaban como una caterva de demonios. El objeto de su regocijo era una muchacha negra, casi una cría todavía, la cual había tenido la desgracia de caer en las garras de semejantes maleantes. Éstos, después de arrancarle sus harapos a tirones, la habían tumbado sobre una mesa, y en tanto que unos le sujetaban los brazos, otros le habían separado las piernas cuanto daban de sí... Pero el decoro nos impide entrar en más detalles sobre tan sórdida estampa; de lo contrario, diríamos que aquella panda de sátiros beodos, además de regocijarse en su núbil hermosura, sometían a la aterrada muchacha a toda clase de obscenos tocamientos; que sus mugrientas zarpas blancas se agolpaban sobre su tersa piel de ébano, recorriendo todas las curvas de su tembloroso y sudoroso cuerpo, magreando sus incipientes senos y hurgando en su ya desvirgada y bostezante vagina...

El tabernero, un tipo demasiado canijo y apocado para su oficio, era el amo de aquella desvalida criatura, quien tras haber intentado en vano disuadir a sus enardecidos clientes con la amenaza de denunciarlos a las autoridades de Darien, ahora contemplaba la apabullante escena con gesto desabrido y retorciéndose las manos, agazapado al otro lado de la barra. Entretanto, un suceso hilarante había detenido por unos instantes la violación que estaba a punto de consumarse. El caso fue que un bellaco bizco y con la cara llena de verrugas, que vestía como un andrajoso ladrón de gallinas, había sufrido un tórrido contratiempo que le había hecho gemir ridículamente y mirarse con aire estúpido sus calzones, cosa que había atraído la atención de los demás.

—¡Ah, Flannagan! ¡Pobre diablo irlandés! —bramaron en medio de una explosión de risotadas burlonas—. Será mejor que te vayas ya a dormir la mona. ¡Se acabó la fiesta para ti!

—¡Bah! ¡Iros al infierno! —gruñó el tal Flannagan, quien, acto seguido, se dirigió con pasos desiguales hacia la puerta de la taberna, por la cual salió trastabillando y luego la cerró de un violento portazo.

Entonces los otros canallas volvieron a fijar sus ávidas miradas en la desventurada negrilla que gimoteaba y se retorcía bajo sus manazas. En esto, empezaron a blasfemar y forcejear entre ellos cada vez que alguno intentaba abalanzarse sobre la muchacha. La disputa entre aquellos desalmados era tan reñida, que el pasmado tabernero creyó que terminarían liándose a puñetazos, olvidando a su esclava. Pero, finalmente, un ceporro singularmente brutal se impuso a bramidos y empujones sobre los demás. Éste era un escocés grandullón y fornido, cuyas espesas barbas y melenas pardas le otorgaban un aspecto leonino.

—¡Está bien, Kilpatrick! —rezongaron los otros—. ¡Sé tú el primero en catar a esta potranca!

—¡Vaya si seré el primero! —gruñó el rufián—. Y después de mí, ¡turnaros como os dé la gana!

Y dicho esto se arremangó el *kilt*, dejando al descubierto su hinchado miembro viril. Mas justo en ese momento, resonó fuera de la taberna un grito atroz. El grupo de bellacos se quedó paralizado de espanto mirando hacia la puerta, que unos instantes después se abrió de par en par, dando paso a una figura horripilante... Se trataba del irlandés llamado Flannagan; pero, aunque aquel miserable aún se mantenía en pie, era ya prácticamente un hombre muerto. Su semblante, poco antes rubicundo por el ardor del whisky, se había vuelto blanco como la cera, y estaba descompuesto en una mueca de terror y agonía indescriptible. Hilos de sangre le corrían por la cara y el cuello, procedentes de los muñones de sus orejas mutiladas, así como de la órbita vacía donde había habido un ojo, y con una mano engarrotada se sostenía el vientre, cuyas ensangrentadas vísceras le asomaban por un tajo que le había desgarrado la camisa. Aquel fiambre andante dio un par de pasos tambaleantes salón adentro y se desplomó en el suelo, rígido como un leño.

Durante unos instantes, los cinco rufianes permanecieron agazapados en su rincón, sujetando inconscientemente a la muchacha tendida sobre la mesa, cuyos ojos se habían agrandado tanto como los de quienes la aferraban. Pero pronto reaccionaron, precipitándose atropelladamente para observar más de cerca el cadáver que yacía a sus pies, al tiempo que no dejaban de escrutar el oscuro porche de la casa a través de la puerta abierta.

—¡Dios santo! —exclamó uno de ellos—. ¡Han matado a Flannagan!

—¡Sí! ¿Pero quién pudo cometer este crimen? —gruñó sobrecogido el robusto escocés llamado Kilpatrick.

Entonces retumbó otro grito atronador, ahora dentro de la taberna, que les hizo pegar un respingo.

—¡Estúpidos borrachos! —chilló el tabernero—. ¿Acaso estáis ciegos? ¡Le han sacado un ojo y cortado las orejas a ese desgraciado!... ¡Esto sólo puede haber sido obra de «La Bestia»! ¿A qué esperáis para cerrar la puerta? ¡Vamos, vamos, cerradla de una vez!

El grupo de gañanes respondió de inmediato a su instancia lanzándose en tropel hacia la puerta, la cual cerraron de un portazo y reforzaron con la gruesa tranca dispuesta detrás de la misma. A continuación, se mantuvieron todos juntos y encogidos, mirando los tablones de la puerta con la expectación pintada en sus crispados rostros.

—¡No es posible! —balbució uno de ellos entre los temblores que lo sacudían—. «La Bestia» sólo mata a ricos hacendados, y nosotros somos unos miserables que no tenemos ni dónde caernos muertos... ¿Qué puede tener en contra nuestra ese demonio?

Entonces advirtieron un ruido sigiloso a sus espaldas, y al girarse vieron que la muchacha negra se había escondido debajo de la mesa sobre la que yaciera tendida, y ahora los miraba con gesto despavorido, mientras se cubría el pecho púdicamente con los jirones de su traje. Mas apenas habían tenido tiempo de fijarse en esto, cuando el último rufián que había hablado volvió a llamar la atención de sus compinches.

—¡Mirad! —gritó señalando hacia una de las ventanas que había junto a la puerta—. ¿Qué es eso que reluce ahí afuera?

Con una exclamación contenida, se volvieron todos hacia donde les indicaba, advirtiendo que al otro lado del cristal brillaba una diminuta pero resplandeciente luz rojiza...

Desde luego, de no ser por el desconcierto que los dominaba, aquella panda de truhanes no hubiera reparado ni por casualidad en tan nimio detalle. No obstante, enseguida dedujeron que ese minúsculo destello no tenía relación con el resplandor del fuego de la chimenea ni la lumbre de las velas que reforzaban la mortecina iluminación del salón. Tal vez, si acaso, podría tratarse de una luz procedente de alguna cabaña de la aldea. Pero para cerciorarse de ello, se aproximaron todos a la ventana, apiñados y con pasos cautelosos.

La mugre que empañaba el cristal no permitía ver con claridad lo que había allí fuera; pero al llegarse hasta la ventana, además de la misteriosa lucecilla, distinguieron una silueta aún más oscura que las sombras del porche. Entonces los sobrecogidos bellacos comprendieron que aquel brillo pertenecía al ojo de una enorme figura apostada en el umbral de la taberna, que los observaba a su vez con abrumadora fijeza. Y justo acababan de percatarse de esto, cuando aquella siniestra figura cargó contra la ventana con un ronco gruñido.

Su arremetida fue tan poderosa, que no sólo hizo saltar en pedazos los cristales y el marco de la ventana, sino también varios fragmentos

de la pared de ladrillo a ambos lados de la misma, regando la habitación de cascotes. La panda de canallas retrocedió gritando espantada, tropezando entre sí y cayendo al suelo. Y al alzar la vista vieron ante sí, detenido en medio del boquete que había abierto en la pared, al autor de tan formidable estropicio.

—¡«La Bestia»! —exclamaron todos al unísono.

El terrible Pluto avanzó a su gorilesca manera hacia los aterrados rufianes, y antes de que éstos pudieran ponerse en pie blandió su cuchillo y comenzó una salvaje escabechina.

Rápido como un rayo, apuñaló en el corazón a dos de ellos, que quedaron yertos en el suelo con el rostro petrificado en un macabro rictus. Los otros tres saltaron como chícharos y trataron de ponerse a salvo del gigante negro; pero antes de que consiguieran apartarse de él, un tercero se desplomó junto a los otros dos fiambres, traspasado de lado a lado de una cuchillada por la espalda. El escocés Kilpatrick estuvo a punto de ser la cuarta víctima del implacable Pluto; mas logró evitar que le rebanara el gaznate de un tajo, agachándose justo a tiempo. En ese mismo instante, su compinche tropezó con una de las mesas de la sala y cayó de bruces sobre ella, y antes de que pudiera reincorporarse «La Bestia» lo acuchilló en la nuca como a un gorrino. Justo al mismo tiempo, Kilpatrick se armó de coraje, y agarrando por el espaldar una silla, la levantó por encima de su cabeza y la descargó sobre las espaldas del demonio sanguinario. El golpazo fue tal que la silla se quebró en mil astillas; pero el coloso simiesco continuó erguido como una torre imbatible, y rápidamente se volvió hacia él blandiendo su cuchillo ensangrentado.

Apabullado, el escocés dio un salto hacia atrás, y en cuanto sus pies volvieron a posarse en el suelo se agachó y extrajo del roñoso calcetín de su pierna derecha un *sgian dubh*[11]. Sin embargo, aunque Kilpatrick era un tipo rudo y fornido, acostumbrado a pelear de esta guisa en incontables grescas tabernarias, no se atrevió a medir sus fuerzas con tan tremebundo adversario. Después de romperle una silla en el espinazo sin causarle el menor daño, ¡algo le decía que no había manera alguna de liquidar a aquel ser infernal! Así pues, mientras reculaba, Pluto avanzó hacia él con impasible determinación, con su cuchillo sanguinolento apuntando hacia delante. Y en el ínterin, esbozó una sonrisa sardónica en su horripilante rostro abrasado, al tiempo que su fulgurante ojo destellaba con fiera avidez.

Desesperado, Kilpatrick sopesó sus posibilidades de escapatoria. El ogro negro bloqueaba su camino hacia la puerta de la taberna; pero enseguida se percató de que también podría alcanzarla dando un pequeño rodeo, interponiendo entre ellos una de las mesas de la sala. Con un poco de suerte, era probable que consiguiera salvar su vida de aquel monstruo sediento de sangre. No se lo pensó dos veces, y rápidamente bordeó la mesa corriendo.

Mas en vano trató Kilpatrick de burlar con tan burda treta a «La Bestia», que saltó como un tigre por encima de aquel obstáculo. Las tablas del piso retumbaron con un sonoro estrépito cuando los dos corpulentos pendencieros cayeron al suelo. Pluto detuvo la mano del escocés con su férrea zarpa libre cuando aquél intentó apuñalarlo en un costado, y con la que empuñaba su cuchillo le atravesó el cuello. Kilpatrick profirió un grito ahogado por el chorro de sangre que anegó su garganta, y quedó inmóvil bajo el peso de su descomunal asesino, con la mirada vacía clavada en el techo del salón.

El terrible Pluto se levantó, alzando el cadáver del escocés sujeto por la pechera de su raída camisa. Acto seguido, le vació el ojo derecho

---

[11] Nombre en gaélico escocés del típico puñal escocés.

y le cortó las orejas, y lo dejó caer otra vez al suelo, tras lo cual emprendió la misma operación con los demás fiambres. Mientras tanto, el tabernero y la muchacha negra contemplaron toda aquella carnicería mudos de pavor, agazapados en sus respectivos escondites: el primero, detrás de la barra del bar, y la segunda, bajo su mesa. De momento, el abominable negro parecía haber ignorado al tabernero; pero una vez que hubo concluido su sanguinaria faena, se volvió hacia él y enfiló con paso decidido en su dirección...

¡Ay! ¡De manera muy ilusa había intentado convencerse el dueño de El Cardo y el Guantelete de que aquel monstruo aniquilador de hombres blancos le iba a perdonar la vida! El pobre diablo se quedó como galvanizado donde estaba, con los ojos desorbitados, castañeteando los dientes y con la cara cubierta de un sudor frío.

—¡No! ¡Piedad! —chilló por último, cuando «La Bestia» lo asió por el cuello y lo tumbó sobre la barra.

Pero de nada le sirvió suplicarle clemencia a aquel ser despiadado, que enseguida le enterró su cuchillo en el pecho, acallando de golpe sus alaridos, y a continuación terminó de despacharlo maquinalmente como a toda su execrable clientela. Luego, Pluto se encaminó hacia la puerta de la taberna con su inhumano porte de gorila, sin dirigirle tan siquiera una mirada de reojo la aterrada joven negra, y se desvaneció en la oscuridad de la noche como una sombra más.

Huelga decir que los habitantes del cabañal, encogidos de pavor en sus hogares por todo el alboroto que habían escuchado, no se atrevieron a acudir a la taberna para constatar lo que ya sabían que había ocurrido hasta que el sol estuvo bien alto en el cielo. Y que cuando entraron allí, no se sorprendieron en absoluto al encontrar a la moza negra, aún conmocionada por las espantosas escenas que había presenciado, como única superviviente de aquella degollina.

6
El capitán Roy «Okey» Mackay

Dos días después de la masacre en la taberna El Cardo y el Guantelete, un solitario jinete surgió de un tupido bosque en la isla de Saint Simons, deteniéndose en lo alto de una loma despejada. Desde aquel promontorio arenoso podía observar un amplio panorama de la ínsula, así que el jinete se apoltronó sobre su montura y contempló el paisaje.

Ante él divisaba la ciudadela de Fort Federica, resguardada por un foso, terraplenes y una empalizada. A poca distancia de ésta, en medio de bosques y pantanos, observó los puestos de Delegal's Fort y Saint Simona; el primero situado en el extremo oriental de la isla, y el segundo en la punta meridional; ambos conectados entre sí y con la fortaleza principal por la Military Road, una carretera escavada y flanqueada por una estacada. Más allá, varias millas tierra continental adentro, hacia el oeste, avistó la pequeña población de Darien, a orillas del río Altamaha. Y todavía más en lontananza, hacia el norte, tras muchas millas de frondosa floresta, ondulantes cauces, marismas y ensenadas, columbró el río Savannah, deslizando su enorme caudal hacia el mar, en cuya desembocadura se erguía la ciudad homónima, capital de Georgia.

El hombre que contemplaba aquellos parajes de la costa atlántica era un joven de imponente complexión, alto como un pino y robusto como un roble de la región. La rubia y lacia melena que le caía sobre los hombros enmarcaba su rostro ancho y duro, como esculpido en madera, en el que destacaban unos brillantes ojos azules. Su expresión reflejaba una mezcla de hosquedad y jactancia, como la de aquellos que, además de las hieles de una dificultosa existencia, también han probado las mieles del éxito. Su porte era gallardo y marcial, y el caballo bayo que montaba lucía en sus arreos las insignias y armas de un oficial del ejército británico. Sin embargo, exceptuando la gola en forma de media luna de latón que llevaba al cuello, su peculiar indumentaria era la de un vulgar soldado raso; pues, por alguna desconcertante razón, aquel oficial aún no se había enfundado en las vistosas galas de su rango.

El sujeto descrito vestía una corta y ceñida guerrera roja de infante escocés, con vueltos en azul y sendas ristras de botones de peltre, muy ajada por el uso. Igual de ajado estaba su *kilt* de tartán verde, cuyo extremo superior ascendía desde su costado derecho, por encima de la guerrera, hasta el hombro izquierdo, donde la tela estaba sujeta con un broche, mientras el dueño de tal prenda no necesitara desplegarla sobre su cuerpo a modo de capote. A su vez, un tahalí surcaba su

pecho desde el hombro derecho hasta el costado izquierdo, del cual pendía una enorme espada Claymore de cazoleta labrada[12]. Un ancho cinturón, en el que llevaba metidas dos pistolas, le sujetaba la falda a la cintura, sobre la que le colgaba una *sporran*[13]. Siguiendo la descendente descripción de su indumentaria, usaba gruesos calcetines de tartán y zapatos de hebilla cuadrada, provistos de manera temporal con unas espuelas toscamente acopladas, hasta que dispusiera de unas buenas botas de montar como está mandado. Por último, se tocaba con una boina azul de borla roja, que llevaba inclinada sobre el ojo derecho con aire bizarro. Tales eran las trazas del capitán Roy «Okey» Mackay, un simple palurdo escocés que había prosperado vertiginosamente desde su llegada a Georgia.

Mackay era oriundo de las Highlands, región afamada por sus rudos y belicosos habitantes: pastores montañeses acostumbrados a romperse la crisma a garrotazos por una simple oveja y a blandir sus dagas y puñales en cualquier escaramuza de borrachos. La pobreza y los conflictos religiosos entre católicos y protestantes, partidarios de las casas reales de los Hannover y los Estuardo, habían impelido a muchos de aquellos *highlanders* a marchar a las colonias norteamericanas en busca de fortuna. Y en efecto, tal había sido el caso de Mackay. Al saber de la creación de una nueva colonia al sur de las Carolinas, el joven escocés se había unido a un nutrido grupo de paisanos, reclutados en Inverness, que habían embarcado en el navío *Prince of Wales* rumbo a Georgia. Sin embargo, una vez que hubo pisado tierra en el puerto de Savannah, se dio cuenta de que no iba a ser moco de pavo prosperar en aquel exótico territorio disputado por Gran Bretaña y España. Debido a las tensas circunstancias, Mackay se alistó en las tropas que el

---

[12] Nombre de la típica espada escocesa. A finales del siglo XVII, esta especie de mandoble fue acortado en longitud de hoja y empuñadura y guarnecido con cazoleta.
[13] Bolsa de cuero, complemento del tradicional traje escocés.

gobernador de Georgia había destinado a la defensa de la frontera con La Florida. Tras un largo viaje a pie a través de bosques y ciénagas, y luego en canoa por el río Altamaha, se había establecido en el pueblo de Darien, fundado por su propia gente. A partir de ese momento, aquellos soldados-colonos escoceses se habían dedicado a levantar empalizadas, construir cabañas y trazar carreteras de comunicación con las poblaciones vecinas, al tiempo que cultivaban la tierra y criaban ganado. Pero a pesar de las buenas relaciones que mantenían con los indígenas de la región, pronto se vieron obligados a tomar las armas para luchar contra sus enemigos españoles.

Durante la guerra del Asiento, Mackay había intervenido en el sitio del castillo de San Marcos, en la ciudad de San Agustín de La Florida. Y tras meses de interminable e infructífero combate en las malsanas trincheras cavadas en torno a aquella inexpugnable fortaleza, había regresado a Georgia para defender Fort Frederica del contraataque español. Allí había destacado heroicamente en las batallas de Guly Holly Creek y Bloody Marsh, donde había adquirido el apodo de «Okey» Mackay por su determinación y coraje a la hora de acatar las órdenes de sus mandos, ascendiendo meteóricamente de vulgar soldado a capitán de la Black Watch[14]. Finalmente, al acabar la guerra, el triunfal escocés había regresado a Darien, donde se le había asignado destino en Fort King George. Y así, como oficial de la guarnición de aquel puesto, el rudo montañés de las Highlands había abandonado gustoso el tosco bastón de pastor ovejero con que llegara a Georgia.

Durante algún tiempo, Mackay contempló ensimismado los parajes que fueran escenario de las batallas que había librado en la isla de Saint Simons, entre imaginarias visiones de incendios y crespones de

---

[14] El Highlander Regiment Foot, también conocido como Black Watch. Compañía de infantería compuesta enteramente por escoceses de las Highlands, creada en 1739 por el general James Edward Oglethorpe.

humo, y un retumbar de mosquetes y cañones entremezclado con gritos, música de pífanos y redoble de tambores; hasta que de pronto, un resoplido de su caballo lo devolvió a la realidad. Mackay fijó su vista en el hirsuto cuello del animal, el cual giró la cabeza y le dirigió una tímida mirada de soslayo. Estaba orgulloso de que le hubieran proporcionado aquella montura acorde con su rango, pero no se sentía a gusto con ella, pues apenas había aprendido a montarla y gobernarla; y, como buen montañés, confiaba más en sus propias piernas que en las patas de aquella bestia. A continuación, introdujo una mano en el bolsillo interior de su guerrera y palpó la carta que le había enviado el mismísimo gobernador de Georgia, para que acudiera a Fort Frederica a entrevistarse con él. Puesto que aquel *highlander* era analfabeto —ya que, como la mayoría de su gente, aparte de su idioma natal gaélico y un poco de inglés, desconocía por completo la escritura— había precisado de la ayuda del comandante de Fort King George —por más señas, otro garrulo escocés poco más culto que él— para que le descifrara el mensaje que contenía. La misiva del gobernador, empero, se limitaba a instarle que acudiera a reunirse con él a la mayor brevedad posible, sin aclarar el asunto. No obstante, se caía de maduro que el objeto de aquel llamamiento estaba relacionado con los últimos crímenes de «La Bestia» en Darien...

Mackay frunció el ceño con gesto sombrío y de seguido echó un vistazo atrás, hacia la senda del bosque de la que había surgido. Procedente de las oscuras espesuras, advirtió el rumor del destacamento que le acompañaba, al cual había dejado rezagado en un acceso de impaciencia, tras atracar la barcaza que los había traído de Darien a Saint Simons a través de los ríos Altamaha y Frederica. Pronto, escuchó nítidamente las pisadas presurosas y los tintineos metálicos de las armas de sus hombres, y enseguida éstos llegaron hasta donde se encontraba.

Se trataba de una docena de soldados de infantería, provistos de mosquetes y *dirks*. Todos ellos eran paisanos suyos de las Highlands y vestían de manera idéntica a él. El que encabezaba la columna era un sargento grandote y barrigón, de espesas patillas canosas. Sin embargo, aunque era ya demasiado mayor para el servicio militar, se movía con la misma celeridad y energías que el resto de la soldadesca.

El pequeño destacamento se detuvo en el claro jadeando, con los rostros encendidos y sudorosos.

—¡Sois más lentos que las tortugas! Estos tiempos de paz os están echando a perder, panda de holgazanes —les recriminó Mackay, aunque la sonrisa socarrona que había aflorado a su rostro, mientras hablaba, evidenciaba que aquella reprimenda no iba en serio.

—¡Bah! ¡No seas tan duro con nosotros, «Okey» Mackay! —refunfuñó el rollizo sargento con jovial familiaridad—. Sabes que seríamos capaces de recorrer cincuenta millas o más, sin rechistar, si hiciera falta, mientras tú te paseas como un señorito en tu caballo.

—¡No lo pongo en duda, Barclay! —repuso su superior—. Pero escúchame bien, viejo bribón: cuando entremos en Fort Frederica, ahórrate tus confianzas y no olvides dirigirte a mí como capitán Mackay a secas, *okey?*

—¡Sí, señor! —respondió el sargento Barclay, cuadrándose y saludando enérgicamente, aunque sin borrar una sonrisita irónica de su orondo rostro.

—Bien —dijo Mackay—. Ahora, ¡prosigamos la marcha!

Acto seguido, espoleó a su caballo, que pegó un respingo y se puso en movimiento enseguida, conducido con torpeza por su amo, lo que desató algunas carcajadas entre los soldados. Pero a una mirada severa del oficial, callaron todos de sopetón y lo siguieron ladera abajo de la loma, hacia Fort Frederica.

7
La entrevista con el general Oglethorpe

Poco después, el capitán Mackay y su destacamento cruzaron las puertas de Fort Federica. Tras la empalizada se extendía el pueblo que precedía al fuerte. Éste había sido trazado siguiendo el patrón de una típica villa inglesa, con calles rectas que dividían las parcelas de las casas en forma de cuadrícula; pero las viviendas habían sido construidas al estilo de las cabañas de la región, con troncos de pino y cedro y tejados cubiertos con ramas de palmito erizado. Aparte de los campos de cultivo situados fuera de la ciudadela, cada cabaña contaba con sus propios terrenos de labranza, consistentes en pequeños huertos de hortalizas bordeados de árboles frutales. Baste decir que la mayoría de aquellas moradas pertenecían a los soldados de la guarnición, quienes vivían en ellas con sus familias, y el resto a otros colonos que proporcionaban sus servicios al puesto militar.

El destacamento escocés enfiló por la calle principal hacia el fuerte. En un acto de arrogancia, Mackay se envaró sobre su montura y sacó pecho, haciendo que su caballo, a paso mesurado, ralentizara la marcha de sus hombres. Sin embargo, el espectáculo de un puñado de *highlanders* desarrapados desfilando por la calle no llamó especialmente la atención de las gentes del lugar. Ningún soldado fuera de servicio que estuviera trabajando en sus huertos, o simplemente fumando una pipa sentado en el porche de su cabaña, les dirigió más que una somera mirada, mientras que sus esposas apenas abandonaron sus labores hogareñas para echar un vistazo por alguna ventana. Ni siquiera la chiquillería del pueblo les salió al paso con sus habituales gritos de alboroto, pues al parecer estaba jugando en los campos de los contornos. Tan sólo un par de perros pulgosos que andaban sueltos les ladraron y les persiguieron durante un trecho. Así que el capitán «Okey» Mackay lanzó una mirada desdeñosa en derredor y azuzó a su caballo.

Una segunda empalizada protegía el cuartel general del gobernador de Georgia. El fuerte constaba de tres bastiones y una batería en la parte que daba a la costa. El castillo del gobernador se hallaba en el centro; éste era un edificio de piedra con almenas, flanqueado por dos almacenes de ladrillo rojo, entre los cuales se encontraba el patio de armas. En los aledaños, una caseta de guardia, una caballeriza y un polvorín completaban las dependencias de la fortaleza.

Una vez cruzado el portón, Mackay y sus hombres se detuvieron en el patio de armas. Allí, el oficial escocés se apeó de su caballo y lo dejó al cuidado de un mozo de cuadras; y mientras su destacamento le esperaba fuera, él fue conducido por uno de los guardias del castillo a la presencia del gobernador. En la puerta de su despacho fue anunciado por un lacayo de librea, que a continuación le cedió el paso con una ligera reverencia.

Lo primero que vio Mackay cuando entró en aquella habitación fue una enorme mesa de caoba, de pesadas patas labradas y tablero reluciente como un espejo. Todo el moblaje del despacho del gobernador era lujoso y estaba bien cuidado, y su estilo respondía a la moda rococó imperante por aquellos tiempos en la lejana Europa. Las paredes estaban decoradas con suntuosos tapices y cuadros de opulentos marcos dorados. Sobre la mesa había una bandeja de plata con una taza de té humeante, una tetera y un azucarero de porcelana de la China, junto a un mapa de la colonia desplegado. El gobernador no estaba sentado allí; pero en la pared, detrás de la mesa, podía observarse un retrato suyo a cuerpo entero.

El *highlander* contempló con admiración aquel retrato, en el que figuraba su excelencia ataviado con uniforme de gala y los pretenciosos aires de un émulo del dios Marte. Su semblante, de expresión altiva y desafiante, le asomaba en medio de una gran peluca de rizos, coronada por un tricornio emplumado. Una gola de oro, ricamente cincelada, pendía de su cuello. Sobre su uniforme escarlata con vueltos en dorado, lucía una coraza bruñida, con hombreras y escarcela incluidas, a la moda militar de la época, de obsoleto estilo caballeresco. A la cintura llevaba una faja de seda roja, tan grande —pensó Mackay con un brote de sarcasmo— que si la extendiera sobre sus hombros podría cubrirse con ella el resto del cuerpo, tal como haría un pastor de las Highlands con su *kilt* en un gélido día invernal. De su costado pendía una magnífica espada, cuyo tahalí le cruzaba en bandolera la coraza. Los faldones de la casaca, con hileras de botones dorados, le cubrían por completo los calzones, embutidos en unas altas botas negras, y éstas últimas estaban provistas de unas destellantes espuelas.

Tal era el soberbio retrato del general James Edward Oglethorpe, el potentado fideicomisario fundador de Georgia. Y en una esquina de la habitación, asomado a una ventana desde la que se divisaba la desembocadura del río Frederica, se hallaba su modelo real, si bien vestido con un uniforme de uso cotidiano menos pomposo.

—Capitán Roy Mackay, de la Black Watch de Fort King George, en Darien —dijo el general Oglethorpe, con el deje altanero de un sargento hablándole a un recluta, al tiempo que se volvía hacia él—, reciba mi más cordial bienvenida a Fort Frederica.

—¡Gracias, excelencia! —repuso Mackay, quitándose su mugrienta boina y haciendo una profunda reverencia.

—Y bien —continuó el general Oglethorpe, mirándolo de arriba abajo y esbozando una sonrisa irónica—, veo que todavía no dispone del uniforme reglamentario que corresponde a su grado.

—En efecto, excelencia —reconoció el escocés, encogiéndose de hombros como el gañán que era—. El caso es que aún no he recibido...

—Capitán Mackay —lo cortó el gobernador, dirigiéndose a su mesa—, aunque no os lo mencioné en la carta que os envié, no dudo que ya habréis colegido por qué os ordené que os presentarais ante mí, ¿no es así?

—¡Por supuesto, excelencia! —respondió Mackay, añadiendo para sus adentros: «No soy imbécil, estirado perro inglés».

—Hace un año que la guerra con La Florida terminó —continuó el general Oglethorpe, observando con gesto sombrío el mapa desplegado sobre la mesa—. Sin embargo, ahora una nueva amenaza se cierne sobre Georgia. Las poblaciones principales de la colonia —dijo, a la par que señalaba con una vara diferentes puntos en el mapa— han sido escenario de una serie de terribles crímenes. Pero el más espantoso de todos, tuvo lugar hace un par de días en vuestro distrito de Darien.

—Así es, excelencia —afirmó Mackay, acercándose a la mesa, aunque no había nada en especial que ver—. Allí, el propietario de la taberna El Cardo y el Guantelete, junto a otros seis lugareños, fueron brutalmente asesinados por el demonio negro al que llaman «La Bestia». Esa ha sido la segunda vez, hasta la fecha, que ese monstruo ha actuado en Darien. La primera tuvo lugar hace un par de semanas, cuando asesinó al hacendado Ira McDowell. Hasta entonces, todas sus víctimas habían sido propietarios de grandes plantaciones, pero los muertos en la taberna de Darien eran hombres sencillos y humildes, recién llegados a la colonia. Por cierto, uno de ellos, llamado William Kilpatrick, era amigo mío; un buen tipo procedente de las Highlands, que...

—Capitán Mackay —lo interrumpió otra vez el gobernador, sonriendo con desdén—, ahorraros esa clase de detalles triviales, por favor —y echando a andar por la habitación, con las manos a la espalda, prosiguió—: Bueno, como ya sabéis, los negros son muy dados a los cuentos de fantasmas. Supongo que habréis oído esa historia que cuentan sobre «La Bestia de Georgia»...

—¡Desde luego, excelencia! —contestó Mackay, observando con expresión ceñuda la espalda del altivo inglés—. Se trata de una historia muy curiosa acerca de ese esclavo con aspecto de mono llamado Pluto, del cual se cuenta que huyó hace años a La Florida. Al parecer, su amo volvió a dar con él durante la guerra, cuando los nuestros tomaron Fuerte Mosé. Allí le dio muerte a ese condenado negro, como bien merecía, antes de que los españoles recuperaran el puesto. Pero se cree que desde entonces el fantasma de Pluto vaga por las noches, con el vengativo propósito de asesinar a los hacendados de Georgia.

—¡No cabe duda de que conocéis bien esa historia! —repuso el general Oglethorpe, girándose hacia él con una mueca sarcástica—. No obstante, espero que no seáis tan crédulo como para tenerla por cierta.

—¡Por favor, excelencia! —replicó Mackay—. Incluso para un escocés tan supersticioso como yo —remachó con retintín—, resulta un cuento demasiado increíble.

—¡Y os felicito por ello! —exclamó el gobernador—. Mas ahora os voy a decir lo que pienso yo sobre todo este asunto —y tras tomar asiento a su mesa, y dar un par de sorbos a la taza de té que había sobre la misma, continuó—: Bien, capitán Mackay; estoy convencido de que ese tal Pluto no murió a manos de su amo, y que ahora es, ni más ni menos, un sicario de los españoles... ¡Ah, ese viejo zorro de De Montiano![15] —refunfuñó de repente, mirando con gesto colérico dentro de su taza—. Era de esperar que se negara a aceptar su derrota... ¡Lo que jamás imaginé que fuera capaz de valerse de semejante artimaña para proseguir con sus hostilidades! En verdad, se las ha ingeniado la mar de bien para hacer cundir el pánico en Georgia, valiéndose de ese maldito negro. Sin embargo, aunque los españoles hayan conseguido aterrorizar a todas nuestras gentes, haciéndoles creer que un fantasma asesino merodea

---

[15] Como ya se mencionó en la nota 6, el gobernador de La Florida en aquella época.

por la colonia, no voy a consentir que se salgan con la suya. ¡Bastante sangre y sudor nos ha costado conquistar esta tierra, como para permitir que nuestros enemigos ahuyenten a sus pobladores con tales supercherías! Por lo tanto, he ordenado que todos los fuertes de la región organicen partidas para batir sus dominios, a fin de capturar a ese escurridizo criminal. Y a vos, capitán Mackay —dijo, alzando la vista de nuevo hacia él—, os encomiendo la misión de inspeccionar las márgenes del río Altamaha, desde Darien hasta la costa. Dondequiera que se oculte «La Bestia», ¡le daremos caza!

—¡*Okey*, excelencia! —exclamó entusiasmado el escocés, cuadrándose de golpe, sin poder evitar hacer uso de la coloquial expresión a la que debía su apodo—. ¡Podéis confiar en que si el asesino se halla agazapado por esos parajes lo atraparemos! Os aseguro que mis hombres y yo conocemos como la palma de nuestra mano todos los escondrijos y recovecos del Altamaha. De hecho —prosiguió Mackay con tono orgulloso—, no creo que haya nadie en Darien que pueda competir con nosotros a la hora de peinar esa zona; pues habéis de saber que, pese al poco tiempo que llevamos en Georgia, el caso es que la hemos recorrido en numerosas ocasiones y...

—¡Está bien, capitán Mackay! —lo cortó otra vez el general Oglethorpe—. Ya sabéis lo que tenéis que hacer si atrapáis a ese malnacido. A ser posible, traédmelo vivo. Me gustaría verlo con mis propios ojos antes de ejecutarlo, y también que la gente lo viera, para que se convenza de que no es ningún espectro del Más Allá, sino un vil bellaco, que puede morir como cualquier otro mísero mortal en la horca. O mejor aún —agregó con un brillo de crueldad en la mirada—, escarmentado en la rueda, o desmembrado por cuatro caballos tirando de sus brazos y piernas... ¡Voto a Dios que ese bastardo ha de tener una muerte ejemplar! —y con un súbito acceso de ira, remachó sus últimas palabras golpeando la mesa con la vara que blandía. Tras lo cual, recuperando al punto su engolada compostura, concluyó—: Y ahora, capitán Mackay, retiraos.

El oficial escocés se despidió con una muda reverencia y salió a grandes zancadas del despacho del gobernador. «Ya me rendirás honores como atrape a ese negro del demonio, engreído petimetre», masculló tras dejar atrás al lacayo que custodiaba la puerta.

8
Los preparativos

En el patio de armas, el pequeño destacamento de soldados escoceses había esperado el regreso de su jefe en posición de «descansen armas». Éstos estaban apoltronados sobre sus mosquetes, charlando tranquilamente, cuando el capitán Mackay salió del castillo del gobernador. Al verlo cruzar las puertas con paso apresurado y cara de malas pulgas, el rollizo sargento Barclay ordenó de inmediato a sus hombres ponerse firmes. Y tras dirigirle un enérgico saludo a su superior, preguntó con tono cauteloso:

—¿Malas noticias, capitán?

—¡Cierra el pico, Barclay! —le espetó Mackay—. ¡Partimos ahora mismo de vuelta a Darien!

El sargento no se atrevió a rechistar. Y acto seguido, adoptando el talante airado de su capitán, rugió a la soldadesca:

—¡Ya habéis oído! ¡Armas al hombro y en marcha!

El destacamento siguió a paso ligero a su jefe, que había puesto a medio galope a su caballo, dejando atrás en breve la fortaleza y el pueblo de Fort Frederica. Y no aminoraron la marcha hasta que llegaron a la ribera del río Frederica, donde les aguardaba la barcaza que los había traído a la isla de Saint Simons. Entonces, cuando Mackay se apeó de su montura para subir a bordo, gruñó:

—Ese arrogante pavo inglés... ¡Me saca de mis casillas!

—¡Mal rayo lo parta! —rezongó entre jadeos el sargento Barclay—. Bueno, «Okey» Mackay —añadió, en cuanto recuperó un poco el aliento, con el tono campechano con que solía dirigirse habitualmente a su paisano—, ¿Cuál es la misión que hay que cumplir?

—Pues la que ya suponíamos —respondió aquél—: buscar a «La Bestia» por los contornos del Altamaha.

—¡Casi nada! —exclamó el sargento—. ¡Más fácil sería buscar una aguja en un pajar!

—Lo sé, Barclay —repuso Mackay—. Pero las órdenes son las órdenes. ¡Y que me aspen si no cumplo con mi deber como está mandado!

—¡Ja! —rechistó el sargento—. ¡Perseguir fantasmas no creo yo que le incumba a un soldado!

—De todos modos, tendremos que intentar rastrear las huellas de ese demonio, si acaso ha dejado alguna por esa zona —replicó con firmeza Mackay—. Y si damos con él, ¡ya veremos si es un espectro o un hombre!

Entretanto, la barcaza izó el ancla y largó su vela, enfilando enseguida río adentro. Durante el resto de la tarde, surcó las aguas del serpenteante Frederica, y a continuación se adentró en la corriente del Altamaha, que discurre en numerosos ramales por aquellos boscosos parajes; hasta que al anochecer, Mackay mandó al patrón detener la embarcación para acampar en un claro junto a la orilla. Allí recolectaron algo de leña e hicieron una hoguera, en torno a la cual se sentaron los soldados y sacaron las provisiones que portaban en sus mochilas, mientras uno de ellos montaba guardia. No había indios hostiles en aquel lugar, de manera no era necesario colocar más centinelas. Sin embargo, aquella noche de acampada en el bosque, Mackay se sintió más inquieto de lo habitual.

A pesar de que se había mostrado escéptico ante el general Oglethorpe en cuanto a la temida sobrenaturalidad de «La Bestia», no dejaba de ser un supersticioso montañés de las Highlands. Además, el hecho de que el nefando Pluto hubiera agregado recientemente a su lista de víctimas a vulgares colonos le resultaba turbador. En lo que mordisqueaba un trozo de fiambre de cerdo, contemplando las crepitantes llamas de la hoguera, Mackay recordó a su amigo Kilpatrick, asesinado en la taberna El Cardo y el Guantelete. Aquel ceporro escocés había sido en vida un sujeto mucho más rudo y fornido que él, de modo que su oponente tuvo que ser en verdad una auténtica *bestia*, para haber acabado con él y con todos sus compañeros tal como lo hizo...

Aunque no sentía nada de frío, el joven *highlander* se estremeció con un escalofrío, así que prefirió centrar sus pensamientos en la entrevista que había sostenido con el general Oglethorpe. Al recordar cómo lo había tratado el petulante gobernador de Georgia, notó cómo le hervía la sangre en las venas. «Desde luego —se dijo con sorna—, ¡nada como acordarse de ese estirado perro inglés para calentarse!» No obstante, rememorar también sus razonables convicciones sobre la mortalidad del terrible gigante negro lo reconfortó. Entonces se recostó sobre la silla de su caballo, que había colocado en el suelo para que le sirviera de almohada, y tal como lo hubiera expresado algún refinado escritor de su época, amigo de anticuadas referencias mitológicas, el capitán Roy «Okey» Mackay no tardó en sumirse en los mullidos brazos de Morfeo.

A la mañana siguiente, levantaron el campamento y se reembarcaron. La barcaza reanudó su singladura de inmediato, y hacia mediodía divisaron su destino: Fort King George. Este viejo fortín había sido antaño la defensa más meridional de las Carolinas, antes de la fundación de Georgia. Abandonado durante algún tiempo, tras ser destruido por los españoles en una escaramuza anterior a la guerra del Asiento, había vuelto a ser reconstruido y dotado de una guarnición compuesta enteramente por escoceses. La fortificación presentaba las mismas características que otros pequeños puestos militares de la región; pero además de las usuales empalizadas, parapetos de tierra, fosos y barracones para la tropa, incluía una caseta de fabricación de cerveza. Y allí se dirigieron Mackay y sus hombres nada más traspasar sus puertas.

Mientras saciaba su sed con un pichel de cerveza, Mackay informó al coronel McBarley, el orondo y rubicundo comandante del fuerte, de la extraordinaria misión que le había asignado el general Oglethorpe. Y, en efecto, fue en ese momento cuando se tropezó con el primer contratiempo que ya había previsto. El caso fue que debido a la reducida guarnición del puesto, su superior sólo le permitió disponer de una veintena de efectivos para realizar la batida. Desde luego, para llevar a cabo una misión de semejante envergadura hubiera precisado de todo un regimiento, como poco. Sin embargo, a Mackay no le quedó más remedio que arreglárselas con aquella pequeña dotación. Aun así, escogió muy bien a los componentes de su contingente: a los hombres que lo habían acompañado en su visita a Fort Frederica, agregó otros tantos de lo mejor que había en Fort King George, todos ellos acostumbrados a combatir y cazar en los bosques y pantanos. Y a éstos añadió a un trampero y un puñado de indios aliados, que por supuesto conocían todavía mejor la zona que iban a registrar.

Este contingente fue dividido en dos grupos, para recorrer a un mismo tiempo las riberas del río Altamaha: uno al mando del capitán Mackay, y otro al de un tal teniente Elliott, sujeto de trazas muy similares a las suyas. Por último, a fin de mantener un contacto permanente entre ambas partidas, Mackay obtuvo el permiso del coronel McBarley para utilizar la misma barcaza que lo había llevado a Saint Simons, la cual venía a ser una de las embarcaciones que faenaban frecuentemente entre Fort King George y Fort Frederica, surtiendo ambos puestos de pertrechos y municiones.

Al día siguiente de organizar todos estos preparativos, Mackay partió con su nuevo destacamento. La guarnición de Fort King George los despidió entre vítores, mientras marchaban en columna hasta el embarcadero cercano donde le esperaba la barcaza preparada para la expedición. Una vez allí, Mackay se despidió a su vez del teniente

Elliott, quien se encargaría de batir la orilla norte del Altamaha con su partida, y de seguido subió a bordo del lanchón, que lo conduciría a él y a sus hombres a la orilla sur.

9
A la caza de «La Bestia»

Nada más embarcar el capitán «Okey» Mackay con su partida, el patrón de la barcaza mandó soltar amarras. Luego, los marineros empujaron el lanchón río adentro con sus largas pértigas, y éste empezó a deslizarse lentamente hacia el otro extremo del cauce.

Entretanto, Mackay contempló el río y sus frondosas riberas, y recordó las palabras del sargento Barclay cuando lo informó de la misión que le habían encomendado: «¡Como buscar una aguja en un pajar!». En efecto, aquella expresión definía perfectamente la expedición que iban a emprender; pues les aguardaba una auténtica odisea a través de los bosques y marismas que se extendían en torno al río Altamaha: todo un mundo de pinares, robledales, cipresales y palmerales, cuyas tenebrosas profundidades no habían explorado ni siquiera por completo los indios que lo habitaban. En medio de su abrumada contemplación, Mackay sonrió con sarcasmo al recordar, también, la ridícula jactancia con que le había asegurado al general Oglethorpe que él y sus hombres conocían «como la palma de su mano» aquellos parajes... ¡Nada más lejos de la realidad! No obstante, se encogió de hombros con resignación.

—Estos bosques son más grandes que toda Escocia —dijo el sargento Barclay, apoyándose a su lado en la borda de la barcaza—. Internarse en ellos va a ser como meterse en un laberinto.

—¡Ya lo creo! —repuso Mackay—. Ni todo un ejército podría peinarlos bien a fondo. Pero haremos lo que podamos.

Cuando la barcaza alcanzó la orilla sur del río, la partida desembarcó en fila de a uno por una plancha de madera extendida hasta tierra. Los primeros en apearse fueron el trampero y los indios agregados al grupo. Éstos tenían la típica pinta montaraz de los vagabundos de los bosques: su vestimenta se componía básicamente de pieles de ciervo curtidas. El trampero, un mestizo de mirada esquiva y pocas palabras, se tocaba con un gorro de piel de zorro y portaba una larga carabina. Los indios, hoscos guerreros de los poblados creeks de los contornos, llevaban plumas prendidas a sus largas cabelleras e iban armados con los típicos mosquetes cortos, hachas y cuchillos de hierro que les habían proporcionado sus aliados británicos. Los soldados escoceses, además de ir armados con mosquetes y *dirks*, portaban sus mochilas de campaña, y habían cubierto sus piernas con polainas de cuero para protegerse de las zarzas del bosque. Aparte de esta añadidura a su equipamiento, algunos de ellos iban provistos de guadañas y rozaderas, a fin abrirse camino a través de la maleza cuando les hiciera falta.

—No apuréis demasiado vuestro avance —le dijo Mackay al patrón de la barcaza una vez que hubo desembarcado—. Antes del anochecer, os avisaré con un tiro de pistola para que os acerquéis de nuevo a tierra a recogernos.

—¡*Okey*, capitán Mackay! —contestó el patrón, que era un pequeño y vivaracho escocés. Y tras despedirse, ordenó a sus hombres retirar la plancha de madera y el lanchón volvió a deslizarse corriente adentro.

Durante algún tiempo, la partida recorrió una estrecha senda que discurría entre los árboles y las aguas, y luego se internó en el bosque. La vegetación era tan densa que pronto tuvieron que hacer uso de las guadañas y las rozaderas para avanzar. Una profunda calma reinaba dentro de la sombría floresta, pero el ruido que hacían los rozadores desató enseguida los graznidos de una multitud de aves. Los rastreadores, aunque acostumbrados a sus peculiares chillidos, no pudieron por menos de sobresaltarse ante aquel alboroto, pero pronto pusieron toda su atención en su cometido. En tanto que unos despejaban su camino a golpe de segadora, otros se deslizaban por los espacios más transitables, escudriñando todos los recovecos de las espesuras. A cada

momento tenían la sensación de que alguien les espiaba, agazapado detrás de un tronco o entre los arbustos, y de cuando en cuando la imaginación les jugaba malas pasadas, confundiendo el destello de las gotas de rocío que perlaban el follaje con el brillo de los ojos de alguna fiera acechante…, o de algo peor.

Hacia mediodía, el calor subtropical de la región empezó a sofocar a la expedición. El trampero y los indios, más habituados a las inclemencias de este tipo de clima, proseguían su avance en silencio; pero los soldados jadeaban y rezongaban a cada corto trecho que recorrían, maldiciendo la pegajosa humedad y la endiablada frondosidad de aquella oscura selva. Sin embargo, tanto los unos como los otros avanzaban con suma cautela, no sólo por temor a tropezarse súbitamente con el terrible gigante negro, sino por la posibilidad aún más factible de pisar alguna de las numerosas serpientes que se deslizaban furtivamente entre la maleza; o peor aún, dejarse un pie en alguno de los cepos de hierro ocultos por los tramperos. En ocasiones, conseguían evolucionar con mayor rapidez a través de algunos pasadizos abiertos en las espesuras por los ciervos y los cazadores que los persiguieran, pero la mayor parte del tiempo se las veían y se las deseaban para continuar avanzando.

Con todo, la cosa empeoraba cuando se adentraban en los pantanos. Aquellas ciénagas estaban pobladas de tupidos herbazales e inmensos cipreses, que parecían brotar de las turbias aguas como fantasmas cubiertos de musgo. Cuando los exploradores salían del bosque a esos espacios despejados, grandes bandadas de patos y garzas alzaban el vuelo entre atronadores graznidos, cubriendo el cielo en un torbellino, hasta que se posaban en los árboles de los alrededores y todo volvía a sumirse en el silencio. No obstante, cuando la profundidad de aquellos humedales les impedía cruzarlos a pie, Mackay y sus hombres los sorteaban dando un rodeo por los aledaños, extremando sus precauciones a cada paso que daban sobre los troncos de los árboles caídos y podridos, acumulados en sus orillas, o sobre cualquier montón de piedras musgosas. Esos pantanos, además de ser el hogar de incontables especies de aves, lo eran de sapos, ranas, tortugas y culebras; pero también de peligrosos caimanes, que acechaban a sus presas semisumergidos en las aguas, prestos a lanzarse sobre ellos al menor descuido.

En medio de todas estas adversidades, pasaron el día los dos grupos que batían las márgenes del río Altamaha, hasta que poco antes de que anocheciera dieron aviso a la barcaza para que se acercara a sendas orillas a recogerlos. Los disparos de las pistolas de los oficiales retumbaron como truenos en aquellas vastas soledades, volviendo a provocar el alzamiento de grandes bandadas de aves en el enrojecido cielo crepuscular. Y cuando por fin se extinguió el eco de sus chillidos, la más profunda de las quietudes se cernió sobre el lugar.

—Por si fuera poco todo el ruido que hemos hecho a lo largo del día —gruñó Mackay—, con esto hemos terminado de alertar de nuestra presencia a cualquiera que ande escondido por estos andurriales en millas a la redonda.

—¡No te sulfures, «Okey» Mackay! —le dijo el sargento Barclay, palmeándole afectuosamente la espalda—. De todos modos, «La Bestia» podría estar oculta en cualquier otra parte que no sean los alrededores del Altamaha. ¡Y por mi alma que espero que así sea!

Después de recoger a las dos partidas, el patrón de la barcaza mandó echar el ancla en la orilla norte del río, donde había reembarcado por último el grupo del teniente Elliott. Una vez a bordo del lanchón, los soldados y sus agregados extendieron sobre la cubierta sus mantas de campaña y consumieron sus raciones de fiambre, comentando, ahora con ánimo distendido, las anécdotas de la jornada, en tanto que los oficiales y el patrón se cobijaron en la caseta de popa.

—¿Y bien? —inquirió el patrón con una mueca sardónica, al fijarse en los semblantes huraños de los oficiales a la lumbre de las velas—. Ni rastro de «La Bestia», ¿eh?

—Bueno, por nuestra parte, hallamos algunas huellas y restos de fogatas —comentó el teniente Elliott, mientras paladeaba con gesto desabrido un pichel de whisky—. Claro que lo más probable es que pertenezcan a los cazadores de la zona.

—Nada de particular, como nosotros —añadió Mackay, al tiempo que se recostaba en uno de los catres de la caseta—. Pero, en fin... ¡Mañana será otro día!

—¡Oh, sí! ¡Y pasado, otro más! —se mofó el patrón, mientras cortaba un pedazo de fiambre con su *sgian dubh* y se lo zampaba—. Sinceramente, no creo que encontréis a ese demontre. ¡Los fantasmas son fantasmas, y no dejan huellas a su paso!

—¡Buenas noches! —gruñó Mackay, dándole la espalda en su lecho.

Y así concluyó aquella enojosa charla.

10
La cabaña del estuario

l clarear el nuevo día, la gente de la barcaza volvió a rebullir. Entre bostezos y gruñidos, los hombres tendidos sobre la cubierta se revolvieron como pollos en corral, o mejor dicho, como gorrinos en pocilga; pues, dado su hacinamiento y el hedor que despedían, tal comparación resulta más acertada. No obstante, ninguno de ellos se atrevió a darse un chapuzón en el río, ni tan siquiera a lavarse la cara en la orilla, ya que el aspecto tempranero del Altamaha no invitaba precisamente a ello.

El río exhalaba una espesa bruma que asaeteaban los rayos del sol naciente, y sus boscosas riberas, incluso la más cercana, apenas se discernían a través de aquellos vapores. De hecho, la embarcación parecía flotar sobre un algodonoso mar de nubes, y nadie estaba dispuesto a salir de ella hasta que no se disipara. De modo que todo el mundo abrió sus mochilas y sacó sus cotidianas raciones de fiambre, que tragó como buenamente pudo ayudándose con un buche de agua de sus cantimploras, en tanto que los sujetos más rudos empezaron su desayuno echando un trago a la garrafa de whisky que enseguida empezó a pasar de unas manos a otras, al tiempo que fumaban su primera pipa diaria.

Después de que hubieron desayunado, a su vez, el capitán Mackay y sus compañeros en la caseta de la barcaza, salieron a cubierta a organizar al apoltronado pasaje y tripulación. En cuanto la bruma se dispersó lo suficiente, el teniente Elliott desembarcó de nuevo con su partida para continuar la inspección de la orilla norte del río, tras lo cual el patrón puso rumbo al otro lado para descargar al grupo de Mackay. Y así, cada cual por su parte, batieron un día más aquellos selváticos contornos.

Aquella segunda jornada transcurrió tan infructuosa como la anterior, amén de sofocante y fatigosa. Ni una sola pista prometedora se les presentó que pudiera conducirlos a un posible refugio de «La Bestia»; ni tan siquiera se toparon con algún cazador blanco o piel roja de los que ocasionalmente se internaban en aquellos parajes. Sin embargo, poco antes del anochecer Mackay y sus hombres tuvieron un sobresalto. El caso fue que, de pronto, oyeron los gritos y disparos del trampero y los indios agregados a su grupo, quienes les precedían. Antes de pensar que habían dado con el nefando Pluto, supusieron que sus compañeros habían tenido un encontronazo con nativos hostiles. Pero cuando se llegaron presurosos hasta ellos, descubrieron que simplemente habían abatido a un cerdo salvaje que se había cruzado en su camino. En resumidas cuentas, que al menos aquella pieza les proporcionó una cena diferente, a base de carne fresca, la cual asaron esa misma noche en una hoguera prendida en la orilla sur del río, donde todos los miembros del destacamento, incluido el patrón de la barcaza y su gente, se unieron gustosos al festín.

El siguiente día fue una repetición de los dos anteriores. Por momentos, aturdido como estaba por el agobiante calor y la pegajosa humedad, Mackay tenían la sensación de andar en sueños por aquellos interminables bosques y ciénagas. Con todo, se esforzó por mantener sus sentidos alerta, sin dejar de escudriñar cada rincón en las espesuras; hasta que por fin, al atardecer, alcanzaron la desembocadura del río Altamaha.

A pesar de estar acostumbrados a emprender largos viajes a pie, como buenos soldados de infantería, les parecía que en vez de unas cuantas millas hubieran recorrido mil leguas hasta aquel punto. Sin embargo, los ásperos parajes que habían dejado atrás no eran nada comparado con lo que venía a continuación, pues ante ellos se extendía el estuario del Altamaha: una enorme extensión de aguas fluviales y marítimas, plagada de islas boscosas, que preceden al gran Atlántico.

Mientras Mackay contemplaba desolado tan impresionante panorama, detenido con su grupo en una playa de arenas claras inmediata al bosque del que acababan de salir, el sargento Barclay se le acercó y gruñó:

—¡Uf! ¡Ahora sí que vamos a saber lo que es buscar una aguja en un pajar!

Por su parte, MacKay maldijo entre dientes al general Oglethorpe por haberle endosado una misión tan descabellada. Pero un instante después, sacó una pistola de su cinturón y disparó al aire, tras lo cual se volvió con una sonrisa cordial hacia el obeso y sudoroso sargento, que descansaba apoyado sobre su mosquete, y le dijo:

—No desesperes, Barclay. Te diré lo que vamos a hacer ahora: ¡dar un paseo en barco!

Entretanto, la barcaza enfiló hacia el sitio donde se encontraban, deteniéndose lo más cerca posible de la playa sin exponerse a embarrancar. Entonces el patrón se asomó a la borda, y abarcando con los brazos toda la extensión del estuario, con un ademán jocoso, exclamó:

—¡Eh, capitán «Okey»! ¿Por dónde piensas continuar la batida?

A lo que el oficial, con chulesca afabilidad, contestó:

—¡Por donde me dé la gana!

Acto seguido, a una orden suya, sus hombres se adentraron en las aguas y subieron a bordo de la barcaza. Luego, ésta viró a popa y se dirigió hacia el otro extremo de la desembocadura del río, a por el grupo del teniente Elliott. Y tras recogerlo, se adentró resueltamente en el estuario del Altamaha.

Efectivamente, con la tozuda determinación que lo caracterizara, el capitán Roy «Okey» Mackay estaba decidido a proseguir su misión incluso más allá de los límites que le habían señalado. No obstante, en vez de continuar a pie la batida por las riberas del estuario, se propuso emprender un viaje de crucero por el mismo, presto a detenerse solamente en los lugares que le parecieran convenientes.

Propulsada por una brisa favorable que hizo restallar su vela, la barcaza surcó aquellas aguas de un intenso azul turquesa, ligeramente agitadas por olas de crespones blancos, bajo el dorado y despejado cielo vespertino. Siguiendo las indicaciones de Mackay, la embarcación atravesó el estuario entre las islas llamadas Rabbit y Broughton, cuyas orillas, plagadas de manglares, escudriñaron los navegantes sin advertir nada sospechoso. En esos momentos, como les sucediera cuando recorrían los pantanos del río Altamaha, grandes enjambres de aves alzaron el vuelo, ensordeciéndolos con sus estridentes graznidos, y cuando éstos cesaron volvió a adueñarse del lugar la más profunda calma.

Desde luego, cualquiera que navegara por primera vez por el formidable estuario del Altamaha hubiera supuesto que estaba totalmente deshabitado. Sin embargo, en la ribera septentrional de la isla de Broughton divisaron una aldea india, erigida en una ensenada. Ante su empalizada se hallaba varada una flotilla de canoas de corteza de árbol, cuyos propietarios, arremolinados en la orilla, estallaron en una algarabía de alaridos punto menos estrepitosa que la de las aves. No había nada que temer, empero, pues se trataba de una tribu de chickasaws, aliados de los británicos, que a su peculiar manera saludaban a la barcaza. Y asimismo, procedentes de otros rincones ocultos en aquella isla y las de los alrededores, los exploradores percibieron un rumor de gritos en respuesta a los de sus vecinos, que junto a un apagado batir de tambores y las columnas de humo que se elevaban de sus poblados eran los únicos indicios que podían revelarles su existencia.

Por aquel entonces, la presencia de «rostros pálidos» en esos parajes era muy escasa. En aquella época las grandes plantaciones de arroz en los pantanales de las islas de Georgia aún no se habían desarrollado, y el tráfico fluvial era muy limitado. De hecho, la población blanca en el estuario de Altamaha estaba constituida simplemente por un puñado de cazadores y pescadores, quienes vivían en cabañas solitarias entre las dos poblaciones principales de la colonia: Darien, al noroeste, y Fort Frederica, al sudeste.

Después de bordear la costa oriental de la isla de Broughton, la barcaza torció y continuó su singladura por la ría que la separa de su hermana, la Little Broughton. En esos momentos, el sol empezaba a descender en el horizonte, tiñendo la tierra y las aguas con su flameante resplandor. Entonces, al rebasar la punta de aquella isla, los navegantes descubrieron una de las típicas cabañas de los hombres blancos de la zona. Aquella tosca morada estaba tan hacinada entre las espesuras que la rodeaban que probablemente hubiera pasado desapercibida a sus miradas, de no ser por el pequeño embarcadero que la delataba.

—¿Quién vivirá ahí? —dijo Mackay, acercándose a la borda de la barcaza para intentar examinar mejor la cabaña—. ¡Eh, patrón! —llamó de seguido—. Vamos a detenernos en ese embarcadero.

Dicho y hecho. El patrón hizo girar la rueda del timón y el lanchón enfiló de costado hacia el embarcadero, donde a continuación un marinero la amarró a uno de los postes.

La parte inferior de los postes del embarcadero estaba cubierta por un amasijo de ostras, cosa que nada tenía de extraordinario, debido a la feracidad de aquellas aguas. Sin embargo, no pudo por menos de sorprender a Mackay y a sus hombres que los flancos del bote que había oculto debajo de la tablazón, y la misma cuerda que lo sujetaba, presentaran idéntico aspecto, así como que sobre la tablazón hubieran echado raíces varios matojos de la misma especie que los frondosos arbustos que se agolpaban contra la cabaña. Unos instantes después, al desembarcar y aproximarse a la morada, advirtieron que su porche también estaba plagado de maleza, y que los troncos de la fachada, la puerta y los ventanucos habían sido literalmente engullidos por el musgo.

—Este cuchitril debe llevar abandonado mucho tiempo —murmuró Mackay.

—¡Desde luego! —remachó el teniente Elliott, plantándose a su lado—. Aquí no puede vivir ni un alma.

Justo en ese momento, escucharon un ruido dentro de la cabaña que les hizo pegar un respingo. Rápidamente, Mackay echó mano a una de sus pistolas, a la par que sus compañeros alzaban sus mosquetes, y con paso cauteloso se acercaron a la puerta, que estaba entornada. El interior de la morada estaba sumido en las tinieblas, pero un tenue haz de luz crepuscular lo iluminó cuando Mackay empujó la crujiente puerta con el cañón de la pistola. A la rojiza luz vieron varios muebles de la estancia, destrozados y regados por el suelo, junto a un revoltijo de enseres. Y en esto, observaron cómo una rata almizclera se escabullía entre aquellos restos haciéndolos resonar.

Todos sonrieron al ver cómo la sabandija se esfumaba en un abrir y cerrar de ojos en las sombras más densas de la habitación, pero no bajaron la guardia.

—¡Barclay! —llamó Mackay—. Entra y enciende la chimenea.

El viejo y rollizo escocés, que se encontraba agazapado justo detrás de él, obedeció refunfuñando de mala gana, y después de trastear durante algún tiempo en el hogar de la chimenea, ante la expectante mirada de los demás, logró prender una fogata. Entonces sus compañeros se decidieron a cruzar el umbral de la cabaña. Mas la alegría de todos al contemplar el fuego se esfumó de golpe, cuando su viva luz les reveló el horror que yacía oculto en un rincón...

Allí, sentado en una rústica silla de madera, se encontraba quien debió ser el dueño de la cabaña..., o al menos lo que quedaba de él. Mackay y sus hombres prorrumpieron en una exclamación de espanto y retrocedieron ante aquella abominable figura, la cual reposaba grotescamente retorcida, como petrificada en una contorsión de indescriptible sufrimiento. Se trataba del cadáver de un cazador, a juzgar por lo poco que quedaba de su peculiar vestimenta, pero tan reseco y enmohecido como su ruinosa morada, lo que venía a explicar por qué no les había alertado antes de su presencia hedor alguno a podredumbre.

Indudablemente, aquel hombre debía llevar muerto largo tiempo. No obstante, su cadáver presentaba un extraño aspecto consumido y ennegrecido, como un leño carbonizado, lo que evidenciaba que había sido quemado vivo. Asimismo, los restos chamuscados de una cuerda que lo sujetaba a la silla revelaban que había sido asesinado de tal guisa. Y su cabeza, casi reducida por completo a una calavera e inclinada hacia atrás, con las mandíbulas abiertas de par en par, revelaba que había exhalado su último aliento en medio de desgarradores alaridos.

—¡Dios misericordioso! —murmuró Mackay, incapaz de apartar la vista de aquel siniestro despojo, a pesar de la indecible repugnancia que le causaba—. Ese desgraciado debió ser víctima de una partida de indios enemigos.

—¡No cabe duda! —afirmó el teniente Elliott, sin poder reprimir el temblor de su voz—. Así es como esos malditos salvajes despachan a

sus prisioneros. Sin embargo —añadió a renglón seguido—, lo que me extraña es que lo quemaran dentro de la cabaña y no fuera, atado a un poste, como es su costumbre...

Al escuchar tal observación, Mackay intercambió una mirada de desconcierto con su colega. Pero unos instantes después, algo así como una especie de oscura premonición se reflejó en su semblante. Entonces, sin decir palabra, se abrió paso entre sus apiñados hombres hasta la chimenea de la estancia, donde prendió un trozo de leña; y acto seguido, sobreponiéndose a la aversión que le inspiraba el cadáver, se acercó al mismo para examinarlo mejor. En esto, el teniente Elliott y algunos soldados lo siguieron, descubriendo a la lumbre de la antorcha algo que les produjo aún mayor pavor. Pues al iluminar el rostro del hombre muerto, advirtieron que una de las cuencas de sus ojos había sido vaciada, así como sus orejas habían sido cercenadas, a juzgar por los muñones que lucía en su piel chamuscada...

—¡Por todos los santos! —exclamó Mackay, retrocediendo tan bruscamente que tropezó con quienes se hallaban apelotonados a su espalda—. Este desgraciado tiene... ¡la *marca de «La Bestia»*!

En ese preciso instante, para colmo de espanto de todos, retumbó un golpazo sobre el tablado de la cabaña, justo detrás de ellos. Y al volverse, vieron que uno de sus compañeros se había desmayado.

11
La historia de Fuerte Mosé

El hombre que había perdido el conocimiento resultó ser el trampero que el día anterior, junto a los indios incluidos en la partida de Mackay, había cazado un cerdo salvaje río Altamaha arriba. Dicho sujeto, como ya se explicó en su momento, era uno de esos peculiares especímenes de vagabundo de los bosques, hosco y solitario, conocido como Jack «el Huraño».

Según se contaba, Jack «el Huraño» era hijo de un buhonero inglés, el cual había perdido su cabellera y la vida tras deshonrar a una mujer creek, quien lo había concebido. Y de ser ciertas tales habladurías, podría decirse que había heredado la tendencia errabunda de su padre, junto a la remarcada fisonomía india de su madre. Vestía al estilo indígena: cazadora, pantalones y mocasines de piel de ciervo adornados con flecos; y, tanto para protegerse del frío en invierno como para ocultar su cráneo despellejado —pues, según se rumoreaba, los indios le habían cortado la cabellera, tal como a su progenitor, por otro lío de faldas—, se cubría con un gorro de piel de zorro.

Como buen paria, Jack «el Huraño» había vivido toda su vida a la buena de Dios, vagando por bosques y pantanos, cazando y trampeando, para luego canjear las pieles obtenidas por whisky en Darien y Fort Frederica; hasta que al estallar la guerra del Asiento, fue reclutado a la fuerza en las tropas milicianas de Georgia. Después del conflicto, empero, este mestizo arisco y renegado de la civilización había renunciado misteriosamente a su vida montaraz, y se había establecido de manera fija en Fort King George. Allí se había construido una choza junto a la empalizada, y desde entonces había proseguido con sus trueques de fardos de pieles por «agua de fuego». Sin embargo, era sabido que ahora evitaba alejarse tanto como lo hiciera antaño de territorio poblado; pues, por alguna causa desconocida, le había cogido miedo a las regiones selváticas en las que antes se sintiera tan a gusto. No obstante, pese a su renuencia a internarse profundamente en las espesuras, había sido sacado a rastras de su choza para reforzar el destacamento de Mackay.

Después de hacer volver en sí a Jack «el Huraño» —a base de una generosa ración de puntapiés—, sus compañeros lo interrogaron respecto a semejante muestra de debilidad por parte de un tipo supuestamente tan duro como él. En ese momento, advirtieron cómo un destello de ansiedad surcaba su esquiva mirada; pero haciendo honor a su apodo, el trampero se encerró en un terco mutismo. Para entonces, la noche había caído sobre los exploradores en la cabaña del cazador muerto, de modo que enseguida se olvidaron de aquel otro, prestos a preparar su estancia en la isla de Little Broughton. Aparte de que la morada del cadáver no les agradaba en absoluto, era demasiado pequeña para servir de alojamiento a más de un puñado de hombres, por lo que se dispusieron a acampar en un calvero arenoso junto a la misma.

El patrón de la barcaza, los marineros y los indios del destacamento habían aguardado a los soldados fuera de la cabaña, pero en el ínterin habían aprovechado el tiempo. Mientras Mackay y sus hombres registraban el cuchitril, ellos habían encendido un buen fuego para asar el pescado que habían cogido al curricán durante la travesía, en tanto que los indios habían recolectado un saco entero de ostras de las que cubrían los postes y los costados del bote del embarcadero. Así pues, cuando los soldados fueron a dar con ellos en el calvero, aspiraron el aroma del pescado asado y las ostras frescas y se relamieron, ansiosos por disfrutar de aquellos manjares.

Desde luego, el espanto que les había causado el hallazgo del cadáver quemado aún no se les había pasado. Sin embargo, era evidente que ese crimen no se había cometido recientemente, y no parecía probable que el asesino todavía anduviera por Little Broughton. Con todo, Mackay no se confió, y tras colocar varios centinelas en torno al campamento convino con el teniente Elliott inspeccionar toda la isla al día siguiente.

Tras la cena, estuvieron charlando un rato junto al fuego, y mientras unos fumaban, otros tomaron algunos tragos de whisky de la garrafa que el patrón de la barcaza había desembarcado. En esto, mientras Mackay tomaba su ración de licor en un pichel, con aire pensativo, le dijo al sargento Barclay:

—En cuanto peinemos el lugar, continuaremos la travesía por el estuario. Y tal vez hagamos alguna visita a las aldeas indias de las islas, por si acaso demos con alguien que pueda ofrecernos alguna pista sobre «La Bestia».

El orondo sargento se encogió de hombros, en tanto cargaba su pipa con parsimonia, y repuso:

—Lo que a ti te parezca, «Okey» Mackay. Pero dime una cosa: ¿de veras crees que ese fantasma podría estar oculto aquí, en Little Broughton?

—No tengo la menor idea —repuso Mackay frunciendo el ceño—. Pero de lo que estoy seguro es que ese bellaco es tan de carne y hueso como nosotros.

En ese momento alguien, con voz espesa y de profundo tono gutural, farfulló detrás de ellos:

—¡Oh, sí! Por supuesto que ese demontre es tan de carne y hueso como cualquiera de nosotros; sólo que... *¡no está vivo!*

Mackay y el sargento Barclay se viraron extrañados hacia quien había hablado, que no era otro que Jack «el Huraño». Después de cenar, el trampero se había acurrucado en un rincón apartado de la fogata, donde se había tendido sobre su mugrienta manta de viaje; y tras despachar la ración de licor que le habían brindado, había continuado trasegando del odre lleno de whisky que portaba en su morral. Como era habitual en aquel empedernido borrachín, había empinado el codo más de la cuenta, y al parecer la bebida le había hecho soltar la lengua.

—¡Vaya! —exclamó Mackay con sarcasmo—. Así que por fin el pájaro éste se ha decidido a abrir el pico. *Okey*, amigo; pero dinos, ¿qué es lo que sabes tú de ese negro asesino?

A lo que el trampero, tras darle otro trago a su odre, se limpió los morros con la manga de su cazadora y replicó con tono despectivo:

—¡Ja! ¿Que qué se yo de Pluto? A buen seguro más que todos ustedes... *¡Pues resulta que yo participé en su ejecución en Fuerte Mosé!*

Semejante revelación no pudo por menos de captar la atención de todos los presentes, que cesaron abruptamente en sus charlas y se volvieron perplejos hacia Jack «el Huraño». Por lo visto, el interés general que había suscitado halagó al tunante, que se irguió orgulloso sobre su manta, a la par que le pegaba otro sorbo a su odre. Durante unos instantes de tensa expectación, no se oyó otra cosa que el crepitar de la leña en el fuego y el apagado chapoteo de las olas en la orilla de la isla, hasta que Mackay inquirió:

—Así que tú estuviste en Fuerte Mosé y participaste en la ejecución de «La Bestia», ¿eh? Pues muy bien, cuéntanos esa historia. ¡Somos todo oídos!

Jack «el Huraño» sacudió la cabeza con aire garboso. Tenía la mirada vidriosa y la cara enrojecida por efecto de la bebida, pero la sonrisa ladina que se dibujó en sus labios indicaba que estaba dispuesto a satisfacer su curiosidad. Evidentemente, aquel miserable trampero no estaba acostumbrado a que le prestaran atención, y eso le complacía. Sin embargo, la sonrisa socarrona que aflorara a su semblante se desvaneció enseguida; una sombra de temor se cernió sobre él, al tiempo que clavaba su turbia mirada en las distantes llamas de la fogata, como si de repente se hubiera sumido en un torbellino de terribles recuerdos. Y así, con aquella su voz ronca y farragosa, empezó:

—Ocurrió en el año 1740, durante el asedio de San Agustín de La Florida. Mientras el general Oglethorpe organizaba el asalto al castillo de San Marcos, dispuso que un contingente tomara Fuerte Mosé. Esta misión se la encomendó al coronel John Palmer, quien una tarde de junio partió hacia su objetivo, situado a un par de millas al norte de San Agustín. Nuestras fuerzas estaban compuestas por casi doscientos hombres, entre soldados regulares, milicianos y una hueste de indios creeks y chickasaws. Yo me encontraba entre los últimos, sirviendo como intérprete... ¡Ca! ¡Pero de no ser porque me pescaron borracho como una cuba en Fort Frederica, antes de empezar la campaña, juro por mi madre que me hubiera escondido en los bosques y no me hubieran vuelto a ver el pelo hasta que acabara la guerra! Sin embargo, me echaron el guante, como he dicho, de manera que me vio obligado a intervenir en ese fregado...

»Pues bien, a pesar de la corta distancia que hay entre San Agustín y Fuerte Mosé, tardamos unas tres horas en llegar allá, debido a la carga de los dos cañones que portábamos y lo áspero del terreno. Durante la marcha, no advertimos la presencia de ningún espía por los alrededores, cosa que nos escamó, ya que esa región está plagada de indios yamasi y semínolas, aliados de los españoles. No obstante, seguimos adelante sin sufrir ningún percance, hasta que divisamos nuestro objetivo poco antes del anochecer. Bueno, eso de divisar es sólo un decir, puesto que Fuerte Mosé se hallaba oculto en medio de un bosquecillo de álamos, rodeado de marismas... Sin embargo, no emprendimos el ataque de inmediato, pues el coronel Palmer había decidido posponerlo hasta el amanecer. De modo que nos escondimos entre la maleza para pasar la noche, que transcurrió sin ningún sobresalto, y nada más clarear el nuevo día avanzamos hacia el fuerte.

»Al igual que el día anterior, no detectamos señal alguna de peligro, aunque nunca olvidaré el canguelo que nos embargaba a todos a medida que nos deslizábamos a gachas entre los matorrales que precedían la alameda, temiendo a cada momento que algún vigía oculto diera la voz de alarma y arruinara nuestro plan. Pero esto no sucedió ni aun cuando nos adentramos en el bosquecillo, a través del cual proseguimos la marcha sin detenernos un solo instante, hasta que por fin alcanzamos la linde del espacio despejado donde se alzaba el fuerte...

»¡Ah! ¡Ese maldito Fuerte Mosé! O como lo llamaran tan pomposamente los españoles, ¡Gracia Real de Santa Teresa de Mosé! Por lo que sabíamos, aquel antro era una auténtica babel de negros cimarrones de todas las clases: mandingas, congos, guineanos, gambias, carabalís, sambas, lecumis, minas, arraras..., ¡y no sé qué más! La guarnición entera estaba compuesta por esclavos fugados de las Carolinas y Georgia, a quienes los españoles les habían concedido la libertad a cambio de convertirse al catolicismo y servirles como esbirros en sus conflictos con los ingleses. Desde luego, de no ser por la generosidad de nuestros enemigos, la mayoría de aquellos negros proscritos hubieran perecido en las empantanadas selvas de La Florida, tragados por las arenas movedizas, devorados por los caimanes o cosidos a flechazos por los indios; si bien es cierto que algunos de ellos fueron acogidos por las tribus aliadas de los españoles... Sin embargo, llegaron a ser tantos los cimarrones que se presentaron a las puertas de San Agustín, para unirse a la milicia de esa ciudad, que el gobernador De Montiano decidió construir Fuerte Mosé para darles alojamiento. Y en efecto, según nos constaba, aquellos condenados negros eran los más terribles de toda La Florida, pues al parecer habían jurado ser los enemigos más despiadados de los ingleses y derramar hasta la última gota de su sangre en defensa de la colonia española...

A pesar de que lo que Jack «el Huraño» les estaba contando no era nada nuevo para ellos, los soldados y marineros escoceses lo escuchaban con suma atención, fumando sus pipas y bebiendo whisky pausadamente de la garrafa que se pasaban de uno a otro. Incluso los indios, aun sin entender ni la mitad de lo que decía, se mostraban absortos en su relato, oyéndolo con el cuello estirado y la boca abierta. Pero Mackay empezaba a impacientarse.

—¡Ya está bien de rodeos! —protestó—. ¡Vete directo al grano, hombre!

El trampero beodo aprovechó la interrupción para remojarse el gaznate. Luego le lanzó una hosca mirada de soslayo a Mackay, murmurando por lo bajo, y continuó en voz alta:

—¡Pues bien! Una vez que nos hallamos ante Fuerte Mosé, permanecimos durante algún tiempo apostados entre los árboles, observando sus defensas: el foso anegado de agua podrida, los terraplenes y los muros de arena y coquina... A decir verdad, no dejaba de extrañarnos el hecho de no avistar a ningún guardia en los parapetos y la desconcertante calma reinante; pero el coronel Palmer no se lo pensó dos veces, y enseguida ordenó el ataque. A una señal suya, la mitad del destacamento se lanzó al asalto con las escalas que cargábamos a tal fin, mientras el resto permanecía agazapado en el bosque, con los mosquetes y los cañones listos para abrir fuego. Pero no se nos opuso la menor resistencia, y en un periquete tomamos la posición.

»Efectivamente, como más tarde supimos, el fuerte había sido desalojado días atrás por los negros milicianos, quienes por orden de De Montiano habían partido a San Agustín para unirse a las fuerzas defensivas de la ciudad antes de que el general Ogethorpe la sitiara. Con todo, a pesar de que no había dado señales de vida, cabía la posibilidad de que hubiera permanecido algún retén en el fuerte, ya que el portón estaba atrancado... Así que una vez dentro, los asaltantes lo abrimos para que entraran el resto de los nuestros y comenzamos a registrar el lugar.

»Mientras los soldados echaban un vistazo en los barracones, yo me uní al grupo que se dirigió a la pequeña iglesia de madera que se erigía en un rincón. Pero allí no había nada de valor; tan sólo una grotesca imagen tallada en madera de Santa Teresa, la patrona del fuerte, seguramente obra de los desmañados negros. En cuanto a alhajas, si las hubo alguna vez, el cura de la parroquia se las había llevado con él.

»Por supuesto, los negros no habían dejado nada que pudiera servirnos de provecho. Los cañones que sabíamos que cubrían los baluartes del fuerte habían desaparecido junto con sus municiones, y en el polvorín no quedaba ni un grano de pólvora. La despensa estaba vacía, así como los corrales de pollos y cerdos, e incluso los huertos que había extramuros habían sido esquilmados. En resumidas cuentas, que visto lo visto no nos cupo duda de que la guarnición entera se había largado, junto con sus mujeres e hijos, y los indios que, según nos constaba, compartían alojamiento con ellos...

Mackay estaba a punto de protestar de nuevo ante aquella larga y gratuita sarta de detalles superfluos, cuando Jack «el Huraño» exclamó:

—¡Y sin embargo, Fuerte Mosé no estaba totalmente vacío! Los gritos de alarma de los soldados que habían entrado en uno de los barracones nos hicieron acudir en tropel hacia allí, donde encontramos a un negro que no tenía pinta de ser un miliciano español... En efecto, se trataba del terrible Pluto, ése al que hoy llaman «La Bestia de Georgia». ¡Y que me cuelguen si tal apodo no le iba que ni pintado!

»Aquel bellaco era el negro más grande y repugnante que haya visto en mi vida. Era como una especie de hombre mono, monstruosamente musculoso. Según contaron los soldados que lo sorprendieron en el barracón, estaba echado en una yacija, aparentemente dormido; pero, nada más entrar, se levantó de un salto y arremetió contra ellos. Aquella bestia salvaje arrolló a todos los que se interpusieron en su camino, derribándolos a puñetazos y pisoteándolos en el suelo; pero, antes de que consiguiera salir del barracón, alguien lo abatió de un culatazo en la mollera. Aun así, a los nuestros les hubiera resultado imposible reducir a aquel demontre, de no ser porque en un periquete se les unieron más soldados y milicianos, que se lanzaron en masa sobre él moliéndolo a golpes.

»Pronto, una multitud de curiosos se apelotonó alrededor del horrendo negro, que ahora yacía tirado en el suelo y cubierto de sangre. Por los grilletes que llevaba en pies y manos, supusimos que sería un esclavo recién fugado de alguna plantación; aunque, a juzgar por sus andrajos, parecía más bien un cimarrón que hubiera pasado largo tiempo vagando por bosques y pantanos. Probablemente, aquel fugitivo habría llegado a Fuerte Mosé después de la partida de su guarnición, y desconociendo la causa de su abandono se habría refugiado allí, tal vez a la espera de que regresaran sus ocupantes para unirse a ellos. En cualquier caso, comoquiera que se hubiera colado en el fuerte, había tenido la astucia de mantener las puertas cerradas.

»Pues bien, como iba contando, nos habíamos quedado apiñados en torno a ese terrible cimarrón, contemplándolo atónitos, cuando de repente alguien exclamó:

»—¡Por todos los demonios! ¿Será posible?

»Unos instantes después, quien había hablado se abrió paso a empujones entre la multitud para examinar de cerca al prisionero. Oh, creo recordar que se trataba de un capitán de la milicia de Carolina del Sur: un inglés petulante y gordo como un cebón, con toda la pinta de ser el típico terrateniente dedicado al cultivo de algodón. Dicho sujeto se inclinó sobre el negrazo caído para observarlo mejor, y volvió a exclamar:

»—¡Que me aspen si no eres Pluto! ¡Reconocería esa fea jeta aunque pasaran mil años!

»Y luego, dirigiéndose a los demás, explicó:

»—Este maldito bribón se escapó de mi hacienda. Creí que habría muerto en las selvas de La Florida, o que se habría unido a los negros de este fuerte; pero ya veo que no hizo ni lo uno ni lo otro —y virándose de nuevo hacia el prisionero, le dijo—: ¡Ah, canalla! Molerte a palos sería poco castigo para ti. Pero ahora vas a saber cómo escarmiento yo a los negros que se fugan de mis tierras. ¡Ahora lo verás!

»Acto seguido, desenfundó el cuchillo que llevaba al cinto y volvió a inclinarse sobre él. Pero justo en ese momento, el mismísimo coronel Palmer entró en el barracón y exclamó:

»—¡Alto ahí! ¿Quién os habéis creído que sois para hacer lo que os dé la gana con ese prisionero?

»Al oírlo, el rechoncho oficial de milicias dio un ridículo brinco en el aire y, girando de inmediato sobre sus talones, se volvió hacia su superior y lo saludó con un ademán desmañado, tras lo cual contestó:

»—¡Escuchadme, mi coronel! Resulta que yo soy el dueño de este negro fugitivo, al que creí que nunca más volvería a ver.

»—¡Ah! ¿Sí? —replicó el coronel con gesto adusto y poniendo los brazos en jarra—. ¿Y cómo podríais demostradlo?

»Durante unos instantes, el capitanucho titubeó, mirando desconcertado a su alrededor, hasta que de repente su fofo rostro se iluminó al posar la vista sobre los grilletes del negro. Entonces, señalándolos, exclamó:

»—Fijaos en los grabados que figuran en sus grilletes, pues se trata de mi escudo de armas. ¡Y he aquí la prueba que lo confirma! —remachó triunfal, a la vez que mostraba el anillo que lucía en su mano derecha.

»El coronel Palmer avanzó con aire grave a través del pasillo que le habíamos abierto, todos firmes como estacas, hasta el retaco capitán y el enorme negro que yacía a sus pies. ¡Uf! ¡Y nunca podré olvidar cómo se le agrandaron los ojos al ver a «La Bestia»! Por unos instantes, su semblante reflejó tanto horror y repugnancia como el de cualquiera de nosotros; pero enseguida se sobrepuso a tales sentimientos. Y tras examinar de una rápida ojeada el anillo del capitán y los grilletes del prisionero, convino:

»—Ciertamente, se trata del mismo sello. Sois, pues, el amo de este esclavo evadido, de modo que estáis en vuestro derecho de castigarlo como os plazca.

»—¡Gracias, mi coronel! —repuso exultante el capitanucho, al tiempo que le dirigía un segundo y más brioso saludo que el anterior. Tras lo cual, volviendo a empuñar su cuchillo con una sonrisa maliciosa, dijo a los hombres que rodeaban al cimarrón—: ¡Sujetadlo bien!

»Dicho y hecho. Cuatro soldados se abalanzaron enseguida sobre Pluto, agarrándolo por los brazos y las piernas. El poderoso negro soltó un bufido y se revolvió salvajemente. ¡Ca! ¡Y a buen seguro que de no encontrarse tan débil por la tremenda paliza que había recibido, se los hubiera sacudido de encima como moscas! Pero no pudo. Entonces su amo se inclinó sobre él con una carcajada burlona y... le enterró el cuchillo en el ojo derecho.

Llegado a este punto, el locuaz Jack «el Huraño» se cortó de sopetón y se encogió sobre su manta. Durante algún tiempo fue incapaz de continuar su relato, permaneciendo mudo y con la mirada fija en el odre que sostenía con sus manos temblorosas. Por su parte, Mackay y los demás permanecieron talmente callados, inmersos en la más ansiosa expectación. Al trampero le costó lo suyo arrancarse de nuevo, ensimismado como se había quedado en sus recuerdos; hasta que de pronto volvió a rebullir y, tras enardecerse con otro trago, prosiguió:

—¡Oh! El alarido que lanzó «La Bestia» fue tan terrorífico, que todos nos quedamos apabullados. Incluso su amo se quedó paralizado de espanto por unos momentos, sujetando con mano trémula su cuchillo ensangrentado mientras observaba al terrible negrazo, que con gesto furibundo le devolvía la mirada con el ojo que le quedaba, el cual ahora parecía arderle como una brasa, al tiempo que gruñía y enseñaba los dientes como un perro rabioso. Sin embargo, pronto su verdugo se recobró del pavor que lo dominara, y con cruel determinación le cortó a continuación las orejas. En esta ocasión, el enorme cimarrón no profirió más que un largo y apagado gruñido, aunque un odio asesino se le escapaba a raudales por su fulgurante ojo...

»Mientras tanto, todos los que presenciábamos tan espantosa escena nos habíamos quedado pasmados y en el más completo silencio, cuando sucedió algo que nos hizo espabilar de golpe. El caso fue que, de pronto, escuchamos un lejano retumbar de cañones... ¡Efectivamente! ¡Se trataba de la artillería del general Oglethorpe, que había comenzado a bombardear el castillo de San Marcos, allá en San Agustín!

»—¡El asedio ha empezado! —exclamó el coronel Palmer—. ¡Vamos, vamos! ¡Todo el mundo afuera!

»En un periquete, salimos todos del barracón, en estampida y con gran algarabía, prestos a obedecer las órdenes de nuestro comandante. Lo cierto es que las posibilidades de un ataque al recién tomado Fuerte Mosé resultaban poco probables, ya que dábamos por sentado que todas las fuerzas españolas estaban concentradas en San Agustín; pero no descuidamos las precauciones. Por tanto, todas las murallas del fuerte fueron guarnecidas, y los bastiones principales —los que daban al sur, hacia la ciudad sitiada— fueron cubiertos con los cañones que habíamos traído para el asalto. A continuación, el coronel Palmer envió un correo al general Oglethorpe, informándole del éxito de su misión, y de seguido ordenó que una patrulla registrara los alrededores del fuerte, a fin de asegurarnos plenamente de que no había enemigos por allí cerca, mientras que el resto de la tropa se concentró en el patio de armas, listo para entrar en acción a la menor señal de alarma.

»Entretanto, Pluto fue sacado a rastras del barracón por media docena de soldados —¡ya os he dicho que ese condenado negro era una mole!— y atado al poste de castigo que había junto a la caseta de guardia del fuerte, donde se le dejó tranquilo hasta que nuestros mandos volvieron a acordarse de él. Esto ocurrió después del almuerzo, cuando el coronel Palmer y el capitanucho de milicias que era su amo —¡que me vuelvan a cortar la cabellera si recuerdo su nombre!— se dispusieron a interrogarlo. Como ya dije antes, «La Bestia» tenía toda la pinta de ser un cimarrón que se había colado en el fuerte abandonado. Sin embargo, no estaría de más sonsacarle cualquier información que pudiera sernos útil.

»Los oficiales se plantaron ante el poste donde se hallaba amarrado el prisionero. Pluto se les quedó mirando con su único ojo con una expresión de fiereza que apabullaba, aun cuando estuviera fuertemente atado y debilitado por la paliza y los tormentos anteriores. Pero su amo parecía no temer ahora al terrible gigante, y espetándole el mango del látigo que empuñaba bajo la barbilla, le dijo:

»—¡Escucha, Pluto! Ahora te voy a hacer unas cuantas preguntas, y quiero que me contestes con total honradez. Dime, ¿cuánto tiempo llevas en Fuerte Mosé? ¿Ya estabas aquí cuando estaba ocupado, o te colaste después de que fuera desalojado?

»Por toda respuesta, el negro soltó un gruñido amenazador y apartó el rostro de él.

»—¡Qué demonios pasa contigo! —le increpó su amo, golpeándolo en la mollera con el látigo—. ¿Es que ya no te acuerdas de hablar como te enseñé, o te niegas a hacerlo?

»Pero el avieso negro mantuvo la boca cerrada.

»—Por lo visto, vuestro esclavo ha olvidado el debido respeto que le debe a su amo —comentó con desdén el coronel Palmer—. Tanto tiempo sin saber lo que es mano dura lo ha vuelto orgulloso y descarado.

»—No os preocupéis, mi coronel —repuso colérico el capitán—. Ya me encargaré yo de meterlo en vereda otra vez —y tras desenrollar el látigo pegando un trallazo en el suelo, dijo—: Conque te niegas a soltar la lengua, ¿eh? Pues muy bien... ¡Tú te lo has buscado!

»Acto seguido, se situó detrás del negro y le atizó un latigazo que resonó en sus inmensas espaldas. Pluto se retorció con un gruñido, pero continuó sin soltar palabra.

»—¿Vas a seguir negándote a hablar? —exclamó impaciente su amo—. De acuerdo... ¡Entonces vas a saber lo que es recibir una buena azotaina!

»Y diciendo esto le asestó otro latigazo, y luego otro, y otro. Pero el gigante negro se mantuvo en sus treces, gruñendo entre dientes a cada golpe que recibía.

»—¡Hablarás, maldito granuja, hablarás! —gritó fuera de sí su amo, sin cesar de fustigarlo—. ¡Lo harás o te abriré la espalda hasta la médula!

»Y así continuó azotándolo ante la expectante mirada de todos los que nos encontrábamos reunidos en el patio de armas.

»Oh, os aseguro que aquel espectáculo llegó a resultar tan desagradable, que algunos soldados apartaron la vista estremecidos. En cuanto al coronel Palmer, fue el primero en cansarse de contemplarlo, quien meneando la cabeza con gesto ceñudo le dijo al capitán:

»—Me temo que no conseguiréis sacarle una sola palabra a este redomado bribón. Pero, si acaso lo hacéis, avisadme.

»Y dicho esto, entró a la caseta de guardia, donde había establecido su puesto de comandancia, mientras el capitán proseguía azotando al prisionero.

Aquí, Jack «el Huraño» hizo otra pausa para empinar el codo, y luego dejó caer la cabeza sobre el pecho como un peso muerto. Con la cogorza que ya tenía encima, resultaba raro que aún no se hubiera derrumbado sobre su mugriento lecho, quedándose dormido como un tronco. Pero, mientras cabeceaba con mirada soñolienta, esbozó una sonrisa socarrona y continuó:

—¡Oh, sí! ¡Ya lo creo! Aquello fue un espectáculo espeluznante. Pero, al mismo tiempo, también bastante cómico. Y tanto, que algunos de los desalmados que lo contemplábamos apenas pudimos contener la risa al fijarnos en cómo el retaco capitanucho de milicias hacía toda clase de muecas extrañas y daba botes como una rana, cada vez que cogía impulso para atizarle un nuevo latigazo al gigante negro; mientras que aquél, a pesar de la soberana tunda que estaba recibiendo, aguantaba firme como una roca, gruñe que te gruñe entre dientes. Cierto es que las cuerdas que lo sujetaban al poste de castigo le protegían en parte sus anchos lomos de las caricias del látigo; pero el resto quedaba totalmente al descubierto, y era en esos puntos donde su amo lo castigaba con endiablada saña. De manera que, en breve, la espalda del cimarrón se convirtió en una repugnante mezcla de piel desgarrada y harapos empapados de sangre. ¡Desde luego, una imagen verdaderamente horripilante de ver! Y sin embargo, en lugar de ponerse a bramar enloquecido por el dolor, como habría hecho cualquier mortal, Pluto se limitó a gruñir entre dientes, como ya os he dicho. Hasta que al cabo de un rato, para mayor asombro de quienes lo observábamos, incluso contuvo esos gruñidos, de modo que sólo por su rostro crispado y cubierto de sudor podíamos apreciar su agonía...

Dicho esto, Jack «El Huraño» volvió a callar por unos instantes, permaneciendo con su turbia mirada clavada en las llamas de la fogata, una vez más absorto en sus terribles recuerdos. Hasta que sacudió súbitamente la cabeza, como para espabilarse, y prosiguió:

—Durante casi una hora, no escuchamos otra cosa que el chasquido del látigo y los refunfuños y jadeos del amo del negrazo de hierro, junto con el lejano repique de los cañones del asedio de San Agustín. Hasta que por último, agotado por el esfuerzo y frustrado por no haber logrado hacerle hablar, el capitanucho arrojó el látigo al suelo y se secó el sudor de la frente con la manga de su casaca. Entonces, sin decir palabra, le hizo un gesto amenazador con el puño a Pluto y entró en la caseta de guardia, pegando un portazo al cerrar la puerta. Y allí, atado al poste de castigo como un pedazo de carnaza sanguinolenta, se quedó el prisionero, olvidado por todos una vez concluido el suplicio.

»El resto de aquella tarde, no ocurrió nada más digno de mención. La guardia desplegada en los parapetos del fuerte no advirtió ningún movimiento sospechoso en el bosque; el correo enviado al general Oglethorpe regresó sin novedades; y la patrulla que hacía la ronda por los contornos volvió, también, sin haber descubierto rastro alguno de enemigos. Al oscurecer, cesó el distante cañoneo. Y en cuanto a la noche, transcurrió sin ningún sobresalto.

»Al día siguiente, quienes no estábamos de guardia despertamos con el reanudado bombardeo en San Agustín, que se prolongó de la mañana a la noche. Pero, aparte de esto, durante toda la jornada Fuerte Mosé continuó en calma. Y en definitiva, así siguió la cosa un día tras otro, de manera que la única preocupación de nuestro comandante, el coronel Palmer, fue conseguir vituallas para abastecer a la tropa. A tal fin, los cazadores salimos del fuerte en un par de ocasiones, trayendo una buena cantidad de piezas. ¡Y tan buenas! Lo menos media decena de ciervos, tan grandes como caballos, que cargamos en perchas al hombro a duras penas, atados por las patas, y a los que una vez en el fuerte despellejamos y metimos en barricas de salmuera. Mientras que por su parte, nuestros aliados indios regresaron de las marismas con un par de canoas llenas hasta arriba de pescado fresco, además de unas cuantas tortugas que conservamos vivas en la despensa, ya que no hacía falta sacrificarlas de inmediato. Vamos, que nos surtimos la mar de bien de provisiones...

De buenas a primeras, podría parecer que, debido al estupor ocasionado por la bebida, Jack «el Huraño» había perdido el hilo de su relato. Sin embargo, aparte de su tendencia a demorarse en detalles fútiles, saltaba a la vista que le estaba costando abordar otra vez los sucesos relacionados con Pluto. Prueba de ello era la manera en que rehuía las miradas de sus oyentes, así como su extraño comportamiento: aquellos sus tontorrones manoseos del odre de whisky, junto a su empeño en alisar las arrugas de su acartonada manta. Era evidente que tenía ganas de continuar su historia, pero le resultaba difícil hacerlo. Y por eso remoloneaba.

—¡Basta de monsergas! —estalló impaciente Mackay—. Hace ya un buen rato que deberíamos estar durmiendo, si es que queremos levantarnos temprano mañana para hacer la batida de la isla. ¡Así que acaba de una vez!

—¡Oh, sí! ¡Terminaré mi historia! —chilló destemplado el trampero—. Pero cuando lo haga, puede que algunos de ustedes no puedan pegar ojo esta noche...

Dicho esto, estalló en una burlona carcajada, aunque por la angustiada expresión de su rostro era evidente que aquello no le hacía ninguna gracia. Y tras echar un trago más, continuó:

—Pues bien, como os iba contando, durante los siguientes días nada turbó la paz de Fuerte Mosé, salvo el cotidiano tronar de los cañones en San Agustín. ¡Ay! Pero, aunque nuestra zona estaba libre de enemigos, el caso es que los taimados españoles estaban tramando un ataque a nuestra posición. Y en efecto, ese ataque tuvo lugar en la madrugada del décimo día después de haber tomado el fuerte, cuando, a través de pasadizos secretos, esos malnacidos salieron de la ciudad sitiada antes del amanecer, burlando la vigilancia de nuestras fuerzas en San Agustín, y se lanzaron sobre nosotros como fieras; tal como lo habían hecho en otras ocasiones sobre las desprevenidas tropas del general Oglethorpe... Pero ¡cada cosa a su tiempo! Pues antes tengo que volver a hablaros de Pluto.

Como cada vez que pronunciaba el nombre o el mote del abominable negro, Jack «el Huraño» se estremeció, pero ahora con mayor intensidad. Y tras echar un temeroso vistazo por encima del hombro hacia los arbustos que se alzaban detrás de él, como si temiera que alguien lo hubiera oído, prosiguió:

—Después de azotar a ese bellaco sin conseguir hacerle soltar la lengua, nuestros mandos se olvidaron totalmente de él. Supongo que dieron por hecho que no estaba al tanto de la guerra, ni tenía ninguna relación con los milicianos negros de Fuerte Mosé. El caso fue que lo dejaron atado al poste de castigo tal como estaba, hecho un guiñapo, sin dispensarle ninguna atención, ni tan siquiera pan y agua para su sustento. En una palabra, condenado a morir como un perro. ¡Y que me cuelguen, si no fue eso lo que pensamos todos, que no tardaría en palmarla a cuenta del hambre y la gravedad de sus heridas! Pero, para nuestro indecible asombro, «La Bestia» sobrevivió un día tras otro, con sus espaldas desgarradas cubiertas de harapos y sangre coagulada, así como con los hilos de sangre seca que habían corrido de la cuenca de su ojo vaciado y los muñones de sus orejas surcándole el rostro, mientras observaba cuanto sucedía a su alrededor. Entretanto, el capitanucho que era su amo, apenas se dignaba a lanzarle un colérico vistazo al entrar o salir de la caseta de guardia, pues nunca más volvió a dirigirle la palabra. En cuanto a Pluto, puedo jurar que en más de una ocasión me percaté de cómo le devolvía la mirada, ladeando la cabeza sobre el hombro para observarlo con la fijeza de una serpiente venenosa, como si estuviera aguardando la menor ocasión para abalanzarse sobre él...

»Así estaban las cosas en Fuerte Mosé cuando, un par de días antes del ataque, nuestros aliados indios tuvieron una trifulca. El caso fue que los creeks se enfadaron con los chickasaws por no sé qué nadería, y estuvieron a poco de lanzarse los unos sobre los otros, como buenos salvajes, para hacerse picadillo. Pues bien, ahora os haré saber que yo servía como intérprete entre los cabecillas de los guerreros creeks y el coronel Palmer, del mismo modo que mi colega «Grizzly Joe» lo hacía con los chickasaws...

Llegado a este punto, Jack «el Huraño» se puso todo lo pálido de que podría ser capaz un mestizo de piel cobriza como él. Y con voz trémula continuó:

—¡Ah! ¡«Grizzly Joe»! Hacía mucho que no lo veía... *¡Hasta que esta tarde encontramos su cadáver dentro de esa cabaña!* —dijo señalando el cuchitril—. Pero estoy seguro de que mi colega no fue asesinado por los indios del Altamaha, con quienes siempre mantuvo buenas relaciones, sino por ese demonio de «La Bestia». Y ahora os diré por qué...

»Como iba contando, un par de días antes del ataque a Fuerte Mosé los indios se enfadaron entre ellos. Y de no ser por mediación de «Grizzly Joe» y mía, es muy probable que hubieran terminado liándose a hachazos y cuchilladas. Bueno, al menos en aquella ocasión conseguimos apaciguarlos, lidiando con sus encorajinados jefes. Sin embargo, la situación seguía siendo tan tensa, que se veía venir que en cualquier momento darían rienda suelta a todo su furor, y ya nadie podría contenerlos de ninguna manera.

»Sin lugar a dudas, el hecho de no haber encontrado ningún botín en el fuerte, ni ningún negro al que torturar y matar, había decepcionado mucho a nuestros amigos creeks y chickasaws; y esa era la causa de las violentas disputas que sostenían por cualquier minucia. El motivo resultaba tan evidente, que el coronel Palmer no se sorprendió en absoluto cuando se lo comunicamos. En definitiva, la cosa estaba más clara que el agua: o satisfacíamos las sanguinarias ansias de los indios, o íbamos a tener un serio problema con ellos. De modo que nuestro comandante convino con el amo de Pluto entregárselo para que se desfogaran con él.

»Pues bien, esto sucedió la misma noche en que íbamos a ser atacados por sorpresa por los españoles. Como de costumbre, el día había transcurrido sin ninguna novedad hasta el anochecer, cuando cesó el cotidiano cañoneo en San Agustín. Entonces, durante la cena, el coronel Palmer se reunió con los jefes indios y les ofreció al prisionero para que hicieran con él lo que quisieran. ¡Ca! Ni que decir tiene que aquéllos aceptaron enseguida tan generoso regalo, aun suponiendo que el poderoso pero moribundo negro no podría reportarles demasiada diversión. Así pues, los cabecillas creeks y chickasaws mandaron a sus esbirros que desataran al prisionero del poste de castigo junto a la caseta de guardia —ya que el coronel Palmer no tenía ningún interés en presenciar cómo lo iban a martirizar— y se lo llevaron a un rincón apartado del fuerte. Por más señas, a la pequeña explanada que había justo detrás de la iglesia.

»Por supuesto, ningún hombre blanco quiso ser testigo de lo que los indios se proponían hacer con «La Bestia». ¡Ja! Aunque, como todos sabemos, las atrocidades de los pieles rojas no se diferencian demasiado de las barbaridades de los civilizados rostros pálidos. No obstante, el coronel Palmer estimó conveniente poner vigilancia a los salvajes, no fueran a causar algún estropicio en el fuerte durante su orgía de sangre y fuego. De manera que nos endosó ese cometido a «Grizzly Joe» y a mí.

»Pronto, se alzó el tam-tam de los tambores indios en Fuerte Mosé. Un puñado de guerreros creeks y chickasaws, pintarrajeados especialmente para la ocasión, trajeron en volandas a Pluto. El gigante negro tenía su horrible jeta hundida en el pecho, y los brazos y piernas le colgaban y se bamboleaban en el aire como si fueran de trapo. Con no poca dificultad, los porteadores, que parecían enanos a su lado, lograron atarlo erguido a un poste que habían hincado en el espacio despejado detrás de la iglesia, junto al cual habían acumulado un montón de leña. A su alrededor, formando un gran círculo, se hallaban reunidos todos los guerreros de cada tribu; éstos estaban sentados en el suelo y observaban al prisionero con maligna exultación al resplandor de varias hogueras. «Grizzly Joe» y yo nos agenciamos un sitio honorífico junto a los líderes de aquella horda de salvajes, justo al lado del barrilete de whisky que el dadivoso coronel Palmer les había dispensado para amenizar la velada. El enorme cimarrón permaneció desfallecido, en apariencia ajeno a cuanto ocurría a su alrededor; pero los espectadores sonrieron con regocijada anticipación. Y en un periquete, empezó la función...

»¡Ah! ¡Podéis estar seguros de que no hay mayor tormento que la tortura del fuego! Desde luego, los azotes que le había propinado su amo a Pluto no eran nada comparado con el suplicio que ahora iba a padecer: la quema de su cuerpo con antorchas. Sin duda alguna, no puede haber espectáculo más atroz que el de un pobre diablo sometido a tamaño sufrimiento. Imaginaos el crepitar de su carne al contacto con el fuego, quemándose lentamente sin derramar una sola gota de sangre, ya que el fuego cauteriza las heridas en el acto, y el repugnante hedor a chamusquina que desprende... ¡Oh, no! ¡Que no os quepa duda de que no puede existir tormento mayor!

Con un estremecimiento de repulsión, Mackay y los demás escucharon la morbosa descripción que hiciera Jack «el Huraño» sobre el suplicio del fuego. No obstante, se mantuvieron en silencio, atentos a los acontecimientos que se avecinaban. Y el trampero prosiguió:

—Mientras continuaba el monótono tam-tam de los tambores, dos indios, uno creek y otro chickasaw, prendieron sendas ramas en una hoguera y se aproximaron a su víctima. Entretanto, «La Bestia» seguía inconsciente, o eso parecía, pero todos sonreímos en silencio dando por hecho que enseguida estallaría en alaridos al sentir las antorchas ardientes sobre su cuerpo. Sin embargo, para asombro de todos, permaneció insensible, mientras las llamas chisporroteaban achicharrando su pellejo...

»¡Oh! Por unos instantes, creímos que el desgraciado había muerto antes de ser amarrado al poste. Pero al fijarnos atentamente en él, advertimos que su único ojo estaba entreabierto, en el cual se reflejaba el brillo de las antorchas... El caso fue que ese pequeño signo de vida nos bastó para deshacernos de la idea de que nos hallábamos ante un fiambre enhiesto. Y sin embargo, el condenado se mostraba totalmente impasible ante las terribles quemaduras que estaba sufriendo. Por increíble que resulte, ¡aquella monstruosa mole permanecía indolente, como si no sintiera nada! Los quemadores, tan atónitos como el que más, aplicaron a continuación las antorchas a otras partes de su cuerpo; pero no obtuvieron mejores resultados. El negrazo continuó sin inmutarse, sin hacer una sola mueca ni proferir un gruñido en medio del profundo silencio que ahora lo envolvía; pues, hasta los impresionados tamborileros, habían dejado de aporrear sus instrumentos.

»Durante algún tiempo, contemplamos tan formidable escena con los ojos como platos, hasta que el estupor de los indios se trocó en indignación y prorrumpieron en un clamor de gritos furiosos. Entonces sus jefes instaron a los quemadores a hundir las antorchas con mayor presión en la carne del cimarrón, y éstos, tras unos instantes de titubeo, obedecieron la orden. Las ramas ardientes sisearon sobre el descomunal pecho de «La Bestia», consumiéndolo como si fuera una masa de puro sebo; pero, a pesar de todo su empeño, los pasmados verdugos no lograron sustraerlo de su extraña insensibilidad. Entretanto, los bramidos de perplejidad y cólera de los indios se elevaron con mayor tumulto, al tiempo que algunos de ellos echaban mano a sus hachas y cuchillos, dispuestos a despedazar al prisionero... ¡Ah! ¡Y fue entonces cuando los dos únicos hombres *civilizados* que nos encontrábamos en medio de aquella salvaje multitud fuimos a tomar parte en tan pavoroso espectáculo!

Aquí, el desasosegado Jack «el Huraño» volvió a detenerse para empinar el codo. Y tras darle un trago algo más corto de lo habitual a su odre, continuó:

—El caso fue que, desde un buen rato antes de que trajeran a Pluto a nuestra presencia, «Grizzly Joe» y yo habíamos rellenado tantas veces nuestros cuencos en el barrilete de whisky, que a esas alturas de los acontecimientos ya estábamos borrachos como cubas. Sin embargo, por mi parte bien puedo decir que, ni aunque me hubiera bebido el barril entero yo solito, jamás se me hubiera ocurrido intervenir en semejante atrocidad, de no ser porque mi colega lo hizo. ¡Ca! Y es que el viejo Joe fue siempre un bravucón; sobre todo cuando estaba cargado como un piojo, como suele decirse; de modo que se dejó llevar por el arrebato general. Entonces, poniéndose en pie a trompicones entre los no menos embotados jefes indios, mi colega levantó los brazos y exclamó:

»—¡Basta ya de armar jaleo! ¡Yo me encargaré de espabilar a ese maldito negro!

»La voz de «Grizzly Joe» se alzó como el rugido de un oso sobre el griterío de los demás, que se volvieron hacia él sobresaltados. Y en verdad, no sólo el vozarrón de Joe, sino su apariencia toda era muy similar a la de un oso *grizzly*, dada su corpulencia y las espesas barbas que gastaba; de manera que en un periquete impuso el silencio entre la alborotada multitud. Acto seguido, mi colega se abrió paso a empujones entre los indios hasta la pira de Pluto. En ese momento, los líderes chickasaws y todos sus guerreros estallaron otra vez en aullidos, pero ahora de entusiasmo; pues resulta que «Grizzly Joe» era un mestizo, como yo, pero de su propia tribu. Ni que decir tiene que la fanfarronería de los chickasaws enojó a mis hermanos creeks, cuyos jefes me instaron a mí también a salir a escena para que los representara; de modo que no me quedó más remedio que hacerles el gusto, si no quería que me arrancaran la piel a tiras... Y, en definitiva, así fue como «Grizzly Joe» y yo nos metimos en ese fregado.

»En medio de un salvaje alboroto de bramidos eufóricos y reanudado retumbar de tambores, tomamos las antorchas que nos ofrecieron los quemadores y nos aprestamos a continuar la faena. Lo cierto es que aún quedaban varias zonas intactas en el corpachón de «La Bestia» donde podíamos marcarlo. Así que, azuzados por la aullante multitud, nos pusimos inmediatamente manos a la obra.

»¡Ay! ¡Vuelvo a repetir que de no ser porque no podía renunciar al cometido que me habían endosado, ni borracho perdido se me hubiera ocurrido participar en tan horrenda barbarie! Pero poco después, enardecido por el desaforado griterío y el whisky que había trasegado, debo confesar que me ensañé con tanta crueldad como mi desenfrenado colega, «Grizzly Joe». Sin embargo, por mucho que nos esmeramos en espabilar al terrible negro no lo conseguimos, el cual continuó con la cabeza caída sobre el pecho, sin que pudiéramos apreciar otro indicio de vitalidad en él que aquel extraño fulgor de su ojo entornado. Hasta que llegamos a la conclusión de que estaba muerto, y bien muerto, y que ese siniestro brillo se debía simplemente al reflejo del fuego. Pero..., ¡cuán equivocados estábamos!

»Cuando nos hartamos de quemar y requemar al miserable, nos apartamos de él para contemplar nuestra infame obra. Aquello que pendía del poste de tormento ya no era un hombre..., si es que lo había sido alguna vez. Ante nosotros se erguía una masa de carne chamuscada, humeante y pestilente, verdaderamente espantosa de ver. Su jeta de mono ahora parecía una pasa reseca, y en aquellas partes de su cuerpo donde lo habíamos quemado en más de una ocasión, el fuego había consumido la piel y la carne hasta los huesos, que le asomaban ennegrecidos.

»Para entonces, los clamores y el redoble de tambores de los indios se habían extinguido, y ahora los guerreros mascullaban malhumorados por haber presenciado el decepcionante espectáculo de achicharrar a un fiambre. En ese momento, los jefes nos ordenaron prender la pira, para acabar de una vez la función. Pero, justo cuando íbamos a hacerlo, «Grizzly Joe» y yo nos detuvimos en seco. Pues, en ese preciso instante..., ¡*Pluto levantó la cabeza!*

»El horrible negro se nos quedó mirando fijamente con su ojo brillante como una brasa, ahora totalmente abierto, mientras sonreía diabólicamente enseñándonos sus dientes afilados como los de una fiera. Mi colega y yo nos quedamos paralizados de espanto ante aquel inmundo cadáver viviente, sin poder dar crédito a lo que estábamos viendo. Sin duda alguna, ¡aquella macabra resucitación sólo podía ser obra del diablo! En cuanto a los indios que nos rodeaban, dejaron escapar un gruñido generalizado de asombro y pavor, y se quedaron tan quietos como nosotros contemplando al abominable espantajo.

»Oh, durante algún tiempo «Grizzly Joe» y yo no fuimos capaces de hacer otra cosa que mirar el reluciente ojo de «La Bestia», sin mover un dedo, como si fuéramos presa de un embrujo. Y me dio la impresión de que hubiéramos pasado así cien años, hasta que las llamas de nuestras antorchas, consumidas casi por completo, empezaron a quemarnos las manos. Entonces nos espabilamos de sopetón, como si de repente nos hubiéramos liberado del poder hipnótico de ese engendro infernal; y con una maldición, arrojamos las antorchas al mismo tiempo sobre la pira. En apenas unos instantes, la leña ardió vivamente y las llamas se alzaron envolviendo por completo a Pluto, que en ese momento soltó una horripilante carcajada, más parecida al ronco rugido de un animal que a la risa de un hombre. Y a través del fuego y el humo, aún pudimos atisbar cómo el condenado cimarrón continuaba mirándonos con su ojo candente, mientras reía a su inhumana manera. Pero en esto, tuvo lugar un nuevo acontecimiento que desvió nuestra atención de tan horrendo espectáculo... Efectivamente, ¡me refiero al ataque a Fuerte Mosé!

»De pronto, el oscuro cielo se cubrió de luces, como si fuera surcado por un millar de estrellas fugaces. Pero enseguida nos dimos cuenta de que aquello eran en realidad flechas ardientes, que cayeron

sobre nosotros como una lluvia apocalíptica. Algunas de aquellas flechas incendiarias se clavaron en el tejado de paja de la iglesia, que en un periquete ardió como la estopa, en tanto que otras cayeron sobre la multitud de indios, que en medio de un caos de gritos y chispazos se dispersaron en todas direcciones. En ese mismo instante, oímos una tremenda explosión, y «Grizzly Joe» y yo echamos a correr hacia la explanada del fuerte para averiguar lo que había ocurrido. Entonces vimos que el portón había sido volado, y que a través del boquete abierto, sembrado a su alrededor de trozos de madera ardiendo, estaba entrando un tropel de soldados españoles, aullando como demonios…

»¡Oh, sí! ¡Así fe como empezó la llamada batalla del Sangriento Mosé! Como ya expliqué más atrás, luego supimos que el enemigo llevaba varios días tramando un ataque a nuestra posición. Y ese ataque fue a tener lugar, precisamente, la noche que martirizamos al negro Pluto.

»Efectivamente, aquella noche una gruesa partida de tropas españolas había salido a hurtadillas de San Agustín, a través de los mismos pasadizos secretos que utilizaran en otras ocasiones para contraatacar por la retaguardia a las fuerzas del general Oglethorpe que sitiaban la ciudad. Así pues, llegaron a Fuerte Mosé amparados por la oscuridad, sin que nadie los descubriera. Sin embargo, aquellos bellacos no se proponían recuperar su puesto perdido, sino destruirlo para que no pudiera servir de base a los nuestros. Y esa fue la causa por la que los arqueros indios que los acompañaban lo incendiaron, al tiempo que abatían a los centinelas apostados en la muralla sur; tras lo cual, hicieron estallar un barril de pólvora junto al portón. De modo que, una vez que hubieron abierto brecha de tal manera, nuestros enemigos se colaron en el fuerte como un incontenible torrente.

»Desde luego, los indios yamasis y semínolas aliados de los españoles son unos terribles adversarios. Pero, además de aquellos sanguinarios bárbaros de La Florida, completaban sus fuerzas los milicianos negros que habían abandonado Fuerte Mosé unos días antes; todos aquellos esclavos fugados de las plantaciones carolinas y georgianas, todavía más prestos que nadie a hacernos picadillo por haber ocupado su cubil. ¡De manera que la más terrible escabechina que pueda imaginarse estaba servida!

A pesar de que su voz se había ido volviendo cada vez más ronca y pastosa, debido al sopor de la embriaguez, al llegar a este punto de su relato, Jack «el Huraño» se reanimó de repente, preso de una sobrecogida fascinación ante los sucesos que ahora iba a abordar. Y tras hacer una nueva pausa para echar otro trago, retomó con renovado brío la narración.

—Puesto que, a excepción de la guardia desplegada en los parapetos y los indios que habían asistido a la ejecución de «La Bestia», el resto de la tropa estaba descansando en los barracones, nuestra perdición estaba prácticamente escrita. No obstante, gracias al barullo que los creeks y chickasaws habían estado armando toda la noche, buena parte de los soldados y milicianos de nuestro destacamento no fueron sorprendidos durmiendo a pierna suelta, quienes enseguida se dispusieron a vender su vida tan cara como les fuera posible. Con todo, la mayoría de ellos fueron acribillados a tiros y flechazos a las mismas puertas de los barracones, cuyas techumbres de paja eran pasto de las llamas provocadas por las flechas incendiarias.

»¡Ay! «Grizzly Joe» y yo vimos cómo caían de la misma manera el coronel Palmer y el capitanucho de milicias que fuera el amo de Pluto, quienes fueron fulminados por una descarga de mosquetería, efectuada por un grupo de granaderos españoles, nada más salir de la caseta de guardia. ¡Y suerte tuvieron de morir de forma tan misericordiosa! Pues muchos otros desgraciados fueron literalmente cortados en pedacitos y *descabellados*, aún con vida, por los desaforados indios y negros.

»Mi colega y yo presenciamos toda aquella terrible carnicería a la infernal luz rojiza de los incendios que ardían por todas partes, desde lo alto de la muralla oeste del fuerte, en cuyo pasillo nos guarecimos de inmediato ante la imposibilidad de hacer frente a la rugiente tromba de asaltantes. ¡Y por mi madre que, a pesar de lo borrachos que estábamos, nos serenamos de golpe ante tan espantosas escenas! Por lo demás, bien sabe el cielo que de haber dispuesto de alguna pieza de artillería, al menos habríamos barrido a unos cuantos de esos perros despiadados a base de andanadas a metralla. Pero, como ya dije en su momento, los dos únicos cañones con que contaba nuestro contingente habían sido emplazados en los bastiones de la muralla sur, la cual había sido la primera en caer en poder del enemigo al volar el portón; de manera que no había ninguna posibilidad de llegar hasta ellos. Aun así, hicimos lo que pudimos.

»Junto a los centinelas de la muralla, y un puñado de indios creeks y chickasaws que nos habían seguido, nos defendimos a duras penas de una turba de encorajinados negros que fueron a por nosotros. Por supuesto, habíamos derribado las escalas por las que se accedía al estrecho pasillo; pero, aun así, resultábamos un blanco extremadamente fácil para aquellos bellacos sedientos de sangre, que ya habían acabado a tiros con la mayoría de nuestros compañeros, en tanto que era de esperar que pronto sus secuaces se abalanzaran sobre nosotros desde los pasillos laterales.

»Pues bien, en ésas estábamos cuando, en medio del barullo de alaridos salvajes, disparos de mosquetes y silbido de flechas, oímos un estrepitoso crujido. Al volvernos en su dirección, vimos que la iglesia del fuerte se había venido abajo en medio de las llamas que la envolvían. ¡Y fue en ese momento cuando presenciamos el suceso más terrorífico de cuantos habían tenido lugar aquella espantosa noche! Pues, un instante después, se alzó por encima de todo el tumulto un bramido atronador, procedente de aquel rincón del fuerte. Y a continuación, vimos surgir de la espesa humareda que la cubría una terrible figura...

»¡Ah! ¡Por el maléfico brillo de su ojo, supimos que aquel gigante totalmente abrasado era el demonio de Pluto! ¡Ese maldito cimarrón, hijo de Satanás, al que parecía no haber manera de aniquilar!

»Con pasos tambaleantes y encorvado, «La Bestia» avanzó hacia la explanada del fuerte. Nada más reparar en él, la vociferante multitud de hombres que luchaba allí enmudeció de golpe y cesó de dispararse y acuchillarse. Todos, absolutamente todos, blancos, negros e indios, amigos y enemigos, se quedaron tiesos como estatuas donde estaban, con el rostro desencajado de espanto al resplandor de los fuegos, observando a aquel horrendo monstruo achicharrado, que siguió dando tumbos entre los cuerpos mutilados que yacían tirados por los suelos, y ante el cual tan sólo fueron capaces de reaccionar, para hacerse a un lado, los apabullados combatientes que se interponían en su camino.

»Entretanto, «La Bestia» se dirigió a la caseta de guardia, escrutando con avidez los cadáveres amontonados a sus pies, hasta que se detuvo ante el de su amo. Después de contemplarlo por unos instantes con una mueca feroz, se inclinó sobre él y le arrebató el cuchillo del cinturón; exactamente, el mismo cuchillo con el que aquel desalmado le había vaciado un ojo y cortado las orejas... *¡Y con el cual el diabólico negro le hizo lo mismo a aquel fiambre insensible!* Acto seguido, Pluto lanzó un largo vistazo a su alrededor, estirando el pescuezo y mirando de soslayo, observando inquisitivamente a la aterrada muchedumbre con su ardiente ojo... Hasta que de repente, levantó la vista hacia la muralla y reparó en quienes estábamos allí agazapados. Entonces profirió otro espeluznante rugido, y alzó el cuchillo con gesto amenazador hacia nosotros...

»¡Ca! ¡Ya os podréis imaginar el pavor que se apoderó de «Grizzly Joe» y de mí en ese momento! *¡Pues enseguida comprendimos que «La Bestia» nos estaba reclamando venganza por haberlo quemado en la hoguera!*

»Por supuesto, no perdimos un solo instante en poner pies en polvorosa. Sin pensarlo dos veces, arrojamos nuestras armas y saltamos por encima del muro al foso que bordeaba el fuerte. Y al vernos actuar así, nuestros compañeros hicieron lo mismo. Desde luego, ¡no había otra manera de escapar de allí! Por fortuna, el foso de Fuerte Mosé estaba anegado por las aguas de un río cercano, de modo que éstas amortiguaron nuestra caída. Sin embargo, supongo que algunos de mis compañeros no sabían nadar y se hundieron como piedras hasta el fondo, ya que al emerger sólo vi a «Grizzly Joe» a un par de yardas de mí, resollando y chapoteando junto a dos o tres indios. Y esa fue la última vez que vi a mi colega, al menos con vida, hasta esta tarde... Pues, sin esperar por nadie, me llegué en un par de brazadas hasta el borde del foso, por cuya pared, aunque enlodada y resbaladiza, me las arreglé para trepar enseguida como una rata. Y a continuación, me lancé como una flecha a través de los huertos que rodeaban el fuerte, el inmediato bosque, y luego el llano que se extendía más allá.

»¡Oh, sí! ¡Vaya si corrí! ¡Como alma que lleva el diablo! Corrí, corrí y corrí con todas las fuerzas de mis piernas y la desesperación, sin mirar una sola vez hacia atrás, hasta que terminé por derrumbarme desfallecido en la linde de un bosque de álamos mucho más grande y frondoso que aquel donde se hallara oculto Fuerte Mosé. Fue entonces cuando eché un vistazo a mis espaldas, percatándome de que me había alejado a una considerable distancia de aquel funesto lugar, el cual pude avistar fácilmente en la oscuridad por el rojo resplandor de las llamas que lo devoraban. Hasta ese momento, casi no había reparado en el fragor del combate, que se había reanudado a poco de que saliera yo del fuerte; pero, entonces, percibí un atenuado clamor de gritos y disparos en medio de mi respiración jadeante y los retumbantes latidos de mi corazón. Obviamente, ni siquiera la terrorífica aparición del negro Pluto pudo evitar la continuación hasta su final de la fatídica batalla del Sangriento Mosé, donde perecieron todos mis compañeros, salvo unos pocos que también lograron huir a duras penas. Pero, en aquellos momentos, a mí eso me daba igual. Desde luego, ¡me contentaba con haber escapado de las garras de «La Bestia»! De modo que, tras cerciorarme de que no había nadie por allí cerca, me oculté entre la maleza.

»A pesar de que me había propuesto mantenerme alerta todo el tiempo, debí quedarme dormido en algún momento, pues desperté sobresaltado al alba con el cotidiano repique de los cañones de San Agustín. Entonces, salí a rastras de mi escondrijo y escruté los contornos: una negra columna de humo se elevaba por encima de la alameda donde se ocultara Fuerte Mosé, pero no se veía ni un alma en las desoladas marismas que lo rodeaban. De no haber perdido mi carabina, tal vez hubiera intentado regresar por mi propia cuenta a Georgia; pero me costaba mucho emprender tan largo viaje solo y desarmado. Así que decidí volver a reunirme con nuestras fuerzas en las afueras de San Agustín. Una vez allí, me encontré con algunos otros supervivientes de la escabechina, no más que un puñado de indios y soldados. El caso fue que ninguno de ellos se atrevió a mencionar suceso alguno relacionado con el abominable Pluto, ya fuera por temor a ser tomados por embusteros o porque no querían acordarse de él... Y yo seguí su ejemplo. En definitiva, baste decir que permanecí junto a las tropas del general Oglethorpe hasta que, finalmente, aquél levantó el inútil cerco a la ciudad española y nos largamos de La Florida.

»Cuando terminó la guerra, quise retomar mi solitaria vida de cazador; pero no pude. Un temor como nunca antes había sentido se había apoderado de mí. Cada vez que me internaba en los bosques y pantanos georgianos, me parecía presentir que alguien me estaba espiando escondido en las espesuras... Oh, los correteos de cualquier animal por la maleza, los graznidos y aleteos de las aves, el croar de las ranas en las ciénagas, el ulular de las lechuzas por la noche, e incluso la visión de mi propia sombra proyectada por la lumbre de una hoguera, me asustaban terriblemente. Y si de repente atisbaba a un ciervo cruzando rápidamente por un claro entre los árboles, ¡lo primero que pensaba era que se trataba del condenado cimarrón que venía a por mí! Tal era el canguelo que me dominaba, que no tardé mucho en procurarme compañía. Y esa fue la razón por la que decidí asentarme de manera permanente en Fort King George.

»En cuanto a mi colega «Grizzly Joe», me consta que después de la batalla del Sangriento Mosé huyó con algunos indios chickasaws y se quedó a vivir con ellos en uno de sus poblados. Al menos por algún tiempo, antes de regresar a su propio hogar, que lo fue esa cabaña junto a la que hemos acampado esta noche... Pero mejor hubiera hecho quedándose entre los indios, ¡pues es evidente que «La Bestia» lo descubrió en su guarida y lo asesinó del mismo modo que nosotros lo matamos a él en Fuerte Mosé! Sin embargo, ¿quién puede considerarse a salvo de una criatura diabólica? Se cuenta que si alguien muere violentamente, su alma está condenada a vagar entre los vivos en busca de venganza... ¡Y yo estoy convencido de que eso es tan cierto como que las llamas del infierno son lo único que les espera a los pecadores!

»Ahora, todo lo que le pido a Dios es que no tengamos la desgracia de tropezarnos con ese espectro maligno por estos parajes. ¡Ojalá se encuentre en cualquier otra parte, lejos de aquí! Porque si resulta que ya no se conforma con matar a hombres solitarios, sino a grupos enteros, como hizo en la taberna El Cardo y el Guantelete de Darien, ¡no dudo que sea capaz de hacer lo mismo con todos nosotros! Sabido es que nada pueden el plomo ni el acero contra un fantasma... Pero quizá haya alguna posibilidad de darle esquinazo poniendo tierra por medio, mucha tierra por medio... Por eso, en cuanto acabemos con esta condenada expedición por el Altamaha, me largaré muy lejos de aquí, lo más lejos posible... Y quiera el cielo que jamás me encuentre el maldito Pluto... ¡Al menos hasta que le llegue la hora a mi propia alma de arder junto a la suya en el infierno!

Las últimas palabras de Jack «el Huraño» salieron a borbotones de su garganta abrasada por el whisky. Definitivamente, el borracho había llegado al límite de su resistencia, justo al mismo tiempo que concluía su relato. Aun así, todavía alzó una vez más su odre para trasegar; pero, por mucho que lo agitó y estrujó, mientras se balanceaba de un lado a otro, no obtuvo más que unas pocas gotas de licor. Entonces lo arrojó al suelo gruñendo una maldición, y con las mismas se desplomó como un costal sobre su manta, poniéndose a roncar enseguida de manera tan repentina como atronadora.

12
Los restos en el herbazal

Después de que Jack «el Huraño» terminara su narración, sus oyentes permanecieron durante algún tiempo en silencio y perplejos, escuchando ahora sus ronquidos; hasta que empezaron a murmurar por lo bajo, dirigiendo recelosas miradas a su alrededor, con una latente inquietud reflejada en sus rostros al resplandor del fuego.

—¡Vaya! —murmuró el sargento Barclay, observando fijamente al beodo durmiente—. ¡Se ha quedado como un tronco!

—¿Y qué de raro tiene? —replicó Mackay, contemplándolo a su vez con expresión desdeñosa—. Con la tajada que se ha cogido, lo que me extraña es que tardara tanto en hacerlo.

—¡*Okey*, Mackay! —repuso el sargento Barclay, esbozando una sonrisa sarcástica—. Pero ¿qué me dices de la historia que nos ha contado?

—Pues ¿qué quieres que te diga? —gruñó Mackay—. Me parece que ese charlatán nos ha entretenido un buen rato con las falacias que corren por ahí sobre «La Bestia». Eso es lo que me parece.

—Quizá sí, y quizá no —terció el otro—. Pero lo cierto es que Jack fue uno de los pocos supervivientes del Sangriento Mosé. ¿Y quién mejor que un testigo directo de los hechos para referir lo que ocurrió allí?

—¿Acaso vas a darle crédito a las patrañas de ese borracho? —rezongó Mackay—. Se cae de maduro que el muy tunante no ha hecho más que mezclar la realidad con la fantasía. No dudo que sea verdad lo que nos ha contado, al menos en líneas generales, sobre los sucesos de Fuerte Mosé. Pero ¡a saber lo que ocurrió realmente con el negro Pluto! De lo que estoy seguro es que ningún hombre puede ser quemado vivo y seguir andando, tan campante, entre el resto de los mortales.

—Eso de que se trate de un hombre, aún no lo tengo yo claro… —objetó el sargento, al tiempo que se recostaba pesadamente sobre su manta—. Sin embargo, la descripción que hizo Jack sobre el horrible aspecto de «La Bestia» coincide con la de aquellos que lo han visto alguna vez.

—¿Y tú te vas a creer los chismorreos de los negros supersticiosos? —replicó Mackay—. ¡De acuerdo! —convino a continuación—. Es muy probable que ese maldito cimarrón fuera atormentado y quemado en la hoguera tal como Jack lo contó. Pero también podría darse el caso de que no lo achicharraran lo suficiente como para que muriera, y de algún modo lograra escapar del fuego…

Mackay acababa de exponer tal conjetura, aunque sin demasiada convicción propia, cuando, al fijarse en la irónica sonrisa que había aflorado al orondo rostro del sargento Barclay, gruñó:

—¡Bah! ¡Al diablo con todo eso! Ya hemos perdido bastante tiempo en sandeces —y de seguido, girándose hacia los demás, exclamó—: ¡Bien, muchachos! Se acabaron los cuentos de fantasmas por esta noche. Ahora todo el mundo a dormir, que mañana hay que madrugar.

Aquellas palabras impusieron algo de sosiego entre los hombres; incluso algunos soldados y marineros sonrieron y menearon la cabeza con cierto aire divertido, sacudiéndose el temor que los embargara, mientras se arrellanaban en sus mantas de campaña. No obstante, los indios que se encontraban entre ellos mantuvieron una expresión hosca y de desconfianza, al tiempo que se acurrucaban en sus lechos sin dejar de escrutar los espesos arbustos y la tétrica cabaña que se alzaban junto a la pequeña playa donde habían acampado. Obviamente, a pesar de que a duras penas habían entendido la mitad del relato de Jack «el Huraño», no habían dejado de captar sus siniestras connotaciones; además de que estaban al corriente de los rumores que circulaban entre los blancos y los negros sobre la llamada «Bestia de Georgia».

Por su parte, tras organizar los turnos de guardia en torno al campamento con el teniente Elliott, Mackay se echó sobre su manta como los demás y, cruzando las manos debajo de la nuca, se deleitó durante un rato contemplando el cielo estrellado. Sin embargo, por más que lo intentó no pudo deshacerse de la misma inquietud que había hecho mella en sus hombres.

Mientras observaba las estrellas, recordó los detalles más espeluznantes de la historia de Jack «el Huraño», tratando de buscarle alguna explicación lógica a la portentosa resistencia del nefando Pluto al tormento de las antorchas y a su salvación de la hoguera. Como no podría ser de otra manera, le resultaba inconcebible que hubiera sido capaz de soportar las quemaduras que le habían infligido sus verdugos, aún en el caso de que lo hiciera de manera desfallecida. Pero, desde luego, todavía más increíble le parecía que hubiera escapado con vida de la ardiente pira. Por supuesto, aquello carecía de toda sensatez y sólo podía ser fruto de una alucinación del trampero borracho. En medio de estas razonables conjeturas, Mackay empezó a sentir cómo se hundía poco a poco en un grato letargo. Y, aunque los ronquidos de Jack «el Huraño» no dejaban de resonar estrepitosamente, acariciado por la cálida brisa que soplaba desde el estuario del Altamaha y agotado por la larga y dura jornada que dejaba atrás, pronto se durmió.

Sin embargo, el capitán «Okey» Mackay no pudo disfrutar de un sueño reparador. Se revolvió y agitó en su lecho en medio de una serie de pesadillas relacionadas con los terribles sucesos de Fuerte Mosé, hasta que despertó bruscamente. El estampido de un mosquete, seguido del aullido de un indio, lo arrebataron al instante de sus angustiosas ensoñaciones. Todavía algo aturdido se incorporó a medias sobre su manta, tanteando instintivamente la empuñadura de su espada. Más alaridos y un segundo estruendo de mosquete acompañaron su abrupto despertar. Lo primero que vio fue el ancho rostro del sargento Barclay a su lado, con expresión entre adormecida y alarmada, restregándose los ojos con los puños y gruñendo. Luego, un rápido vistazo a su alrededor le reveló una escena de hombres agitados en sus lechos, farfullando y levantándose a trompicones. Entonces, en medio de toda aquella confusión, un guerrero creek se inclinó sobre él, sosteniendo un mosquete humeante entre las manos, y en un dialecto apenas comprensible le explicó que «La Bestia» había estado en el campamento y se había llevado a Jack «el Huraño»...

Unos instantes después, el destacamento entero estaba en pie y armado, contemplando estupefacto la manta revuelta y desocupada sobre la que yaciera el trampero.

—¡Alguien se lo llevó a rastras! —comentó el teniente Elliott, señalando un hueco que se abría entre los arbustos que se alzaban ante el lecho vacío.

—¡*Se lo llevó «la Bestia»!* —exclamó el indio que ya había informado a Mackay de lo ocurrido, quien a continuación explicó lo mejor que pudo y con mayor detalle el incidente, a saber: que mientras hacía su ronda de guardia, había visto cómo surgían de las espesuras unas enormes manos negras, que asieron al trampero por su cazadora y lo arrastraron enseguida a través de la maleza. Sacudido por un escalofrío, el guerrero creek declaró que no había podido observar el rostro del captor, ya que lo ocultaba la hojarasca de los arbustos; pero el destello de un solo ojo rojo en el mismo le había revelado al instante su diabólica identidad... Luego, concretó que el primer disparo que habían escuchado lo había efectuado él, en un intento de detener al monstruo, mientras que el segundo tiro lo había hecho otro indio que también estaba de guardia.

Quienes lo rodeaban, escucharon la declaración del guerrero creek con los ojos como platos y boquiabiertos. Entonces, cuando hubo concluido, Mackay alzó su espada y la agitó en el aire, a la par que gritaba furioso:

—¡Ese maldito demonio!... ¡Vamos a por él!

En un periquete, los hombres se apiñaron farfullando alborotados en torno al fuego del campamento, donde prendieron algunos trozos de leña a guisa de antorchas, y de seguido se lanzaron corriendo entre los matorrales. Al mismo tiempo, Mackay, el teniente Elliott y el sargento Barclay se adentraron en fila por el estrecho pasadizo abierto en las espesuras, fácilmente discernible por las hierbas aplastadas y las ramas rotas de los arbustos, en el que enseguida descubrieron el rastro provocado por el arrastre del cuerpo del trampero, que había dejado un surco en el suelo húmedo y arenoso. En el ínterin, no pudieron por menos de sorprenderse de la celeridad con que el secuestrador había arramblado con Jack «el Huraño» a través de la tupida vegetación, así como del sigilo con que se había llegado hasta el campamento sin ser advertido por los indios, cuyo oído era sin duda mucho más fino que el del resto de los centinelas blancos. Pero en esos momentos era tal la algarabía de los perseguidores, que no se podía apreciar ningún otro sonido que sus gritos y estrepitoso avance a través de la maleza.

Pronto, salieron todos a un amplio herbazal, que se extendía a continuación del bosque de arbustos. Las hierbas eran tan altas que les llegaban a los hombros, e incluso, en algunos puntos, más arriba de la cabeza, de modo que les impedían vislumbrar lo que pudiera ocultarse en sus espesuras. En medio de aquel herbazal enmarañado y fangoso asomaban, extrañamente desacordes con tan feraz panorama, las carcasas muertas de unos cuantos arbustos, cuyos tallos y ramas peladas se erguían por encima del mar de hierba. Aparte de a la lumbre de sus antorchas, podían ver esos lúgubres esqueletos vegetales gracias a la claridad de la luna y las estrellas, cuya pálida luz bañaba la superficie del humedal. Sin embargo, por más que aguzaron la vista no pudieron advertir ninguna agitación sospechosa entre las altas hierbas. De hecho, tan sólo por el surco abierto en la maleza que se extendía ante ellos, Mackay y quienes le seguían eran los únicos que podían discernir el camino que había tomado «La Bestia» por aquel lugar. Mas ni un solo ruido delataba su inmediata presencia. A todo esto, el silencio de Jack «el Huraño» les inducía a presagiar lo peor.

—Por muy borracho que estuviera —murmuró el sargento Barclay, en medio de la súbita calma que se había hecho entre el desconcertado tropel—, hasta ese odre con ojos debería haberse espabilado al ser arrastrado como un fardo por este cenagal.

Apenas hubo terminado de decir esto, cuando su rostro se iluminó con un fogonazo. A unas cincuenta yardas por delante de ellos acababa de elevarse una gran llamarada hasta el cielo, alumbrando vivamente una gran porción del herbazal. Y en ese mismo instante, los impresionados observadores escucharon un estallido de alaridos que les heló la sangre en las venas.

—¡Dios santo! —exclamó Mackay—. Ése que está gritando... ¡es Jack!

Por unos momentos, todos se quedaron paralizados ante aquella resplandeciente llamarada y los horribles alaridos del trampero; hasta que, sobreponiéndose al pavor que los embargaba, echaron a correr en estampida hacia el fulgor. Sin demorarse un segundo, se abrieron paso a trancas y barrancas a través de la frondosa maleza, tajando las gigantescas hierbas con sus espadas y apartándolas a golpes con los cañones de sus mosquetes. Entretanto, la columna de fuego y los gritos se extinguieron casi a un mismo tiempo, de modo que cuando llegaron al lugar de donde procedían lo hicieron por mera intuición. Entonces, Mackay y sus hombres se quedaron clavados como estacas ante el horror que descubrieron.

En un pequeño calvero de hierbas chamuscadas, se alzaba uno de los arbustos resecos dispersos por el humedal, y a los pies del mismo se encontraba Jack «el Huraño», o mejor dicho, *lo que quedaba de él...* El cadáver humeante que hallaron allí constituía una visión de pesadilla,

y despedía una nauseabunda pestilencia. Todo él se había abrasado literalmente hasta los huesos, quedando convertido en un despojo tan retorcido y ennegrecido como el fantasmagórico arbusto que se erguía sobre el mismo. Sus ropas habían desaparecido casi por completo, devoradas por el fuego, y el cuerpo, encogido y carbonizado, apenas conservaba vagamente la forma de un esqueleto humano, asemejándose a un amasijo de raíces y protuberancias de la propia carcasa del arbusto muerto.

A la luz de las antorchas, quienes contemplaban el espantoso cadáver descubrieron, además, una botella de vidrio medio enterrada en el fango, que evidentemente había contenido el aceite inflamable con que el infeliz había sido rociado y achicharrado de tal manera. Sin duda alguna, de no haberse prendido el fuego en aquel humedal, sino en algún otro lugar donde abundara la maleza seca, de seguro que el combustible habría provocado un incendio. No obstante, cuando menos el aceite había cumplido su función con el cuerpo de Jack «el Huraño», quien a cuenta de su profundo estupor parecía no haber rebullido hasta que su captor lo quemó. Y a pesar del pavor que embargaba a todos los presentes, algunos no pudieron por menos de pensar con macabra ironía que, aparte del combustible altamente inflamable con que había sido bañado de la cabeza a los pies el desdichado trampero, la gran cantidad de whisky que había ingerido había favorecido la completa ignición de su cuerpo. En cuanto a su verdugo, no había ni rastro de él.

Tras contemplar durante unos instantes que les parecieron una eternidad de espanto los restos del trampero, el sargento Barclay se quitó su gorro y, apretándolo con una mano contra el pecho, sentenció con estremecida solemnidad:

—Al final, «La Bestia» se vengó de Jack «el Huraño» de la misma manera que lo hizo con su colega «Grizzly Joe». En definitiva, tal como lo atormentaron a él en Fuerte Mosé... Ojo por ojo y diente por diente, como reza la Biblia... Ahora, que Dios se apiade de su alma.

Y tras decir esto se santiguó, siendo imitado por el resto de la apabullada multitud apiñada ante el cadáver. También Mackay se santiguó con aire absorto y sobrecogido, como buen católico; pero enseguida se dejó de ceremonias y, echando un vistazo en derredor, gruñó entre dientes:

—El asesino no puede andar lejos...

En ese momento, advirtió un hueco de hierbas aplastadas a un lado del pequeño claro, y señalando hacia él con su espada exclamó:

—¡Mirad! ¡Por allí se escabulló! ¡No perdamos un instante más y vayamos a por él!

Un segundo después, el teniente Elliott se hizo eco de su orden. Y, aunque todavía abrumados por el horror que les inspirara el cadáver carbonizado, todos se pusieron de nuevo en movimiento, abandonando a su suerte los restos de Jack «el Huraño».

Siguiendo las indicaciones de su jefe, los soldados, marineros e indios se desplegaron en una larga hilera de avance por el herbazal, con los mosquetes apuntando al frente; en tanto que Mackay, el teniente Elliott y el sargento Barclay, se introdujeron una vez más en el pasillo abierto entre las altas hierbas por «La Bestia», espadas en alto y con las pistolas preparadas para disparar a la menor señal de peligro. Gracias a la blandura del fango, pudieron apreciar fácilmente las enormes huellas de los pies descalzos del gigante negro, que habían quedado profundamente impresas en él, y en las cuales no habían podido reparar antes, debido a que el cuerpo del trampero que arrastrara a su zaga las había borrado. Así pues, durante algún tiempo siguieron aquel rastro nítido y fresco a través de la maleza, sin perder contacto con el resto de sus compañeros, desplegados a ambos lados de la senda, y sin advertir ningún otro indicio del perseguido. Hasta que, finalmente, las huellas los condujeron hasta la orilla occidental de la isla, separada de tierra firme por una ría del estuario del Altamaha.

Una vez allí, Mackay se detuvo desconcertado, sopesando qué acción emprender a continuación. A primera vista, parecía evidente que Pluto había cruzado las aguas a nado para buscar refugio al otro lado, a menos que dispusiera de un bote o una canoa, la cual hubiera ocultado entre las espesuras de la ribera. Sin embargo, la arena estaba tan revuelta por todas partes que era imposible apreciar con claridad ninguna señal del arrastre de semejante embarcación. Mackay comentaba estas circunstancias con el teniente Elliott y el sargento Barclay, cuando el patrón de la barcaza los interrumpió.

—Capitán «Okey» —dijo el diminuto escocés con gesto adusto—, lo mejor será que regresemos al campamento. Conozco bien esta ría, y, aunque no es muy profunda, no hay ningún punto por la que pueda ser vadeada. Además —añadió desasosegado—, no me hace ninguna gracia haber dejado mi barca abandonada, junto con todos nuestros pertrechos, tan lejos de nosotros, ni creo que debiéramos continuar con esta búsqueda hasta el amanecer. Opino que lo más juicioso sería...

—¡Guárdate tus opiniones! —estalló indignado Mackay—. ¡Aquí el que manda soy yo! —pero tras aquel arrebato se serenó y convino—: Tienes razón en preocuparte por tu barcaza. Ve ahora mismo a buscarla con tus hombres, y de paso recoged nuestros bártulos. Luego, regresad de inmediato. Nosotros os esperaremos aquí.

El patrón se despidió con un saludo quedo y partió enseguida. Entretanto, Mackay mandó hacer una hoguera en la orilla de la isla para iluminar mejor la zona, y de seguido ordenó inspeccionar los alrededores. Mas como ya se esperaba, no encontraron ninguna nueva pista de «La Bestia», de manera que terminó por deducir que había cruzado la ría. Al cabo de un rato, apareció la barcaza y embarcaron todos para dirigirse a tierra firme. Una vez allí, encendieron otra hoguera, y a la luz de antorchas exploraron los contornos inmediatos, sin encontrar rastro alguno del perseguido. Así las cosas, Mackay desistió de una vez por todas a proseguir la batida y mandó recogerse a los hombres en la barcaza para pasar el resto de la noche.

13
El mensajero del río

Siguiendo las instrucciones de su jefe, en cuanto los primeros rayos del sol asomaron en el horizonte, el centinela del último turno de guardia en la barcaza despertó al pasaje. Los hombres se revolvieron mascullando malhumorados, apiñados sobre la cubierta, por tener que madrugar tras haber pasado media noche en vela. Pero enseguida se dejaron de refunfuños cuando el capitán Roy «Okey» Mackay se cernió sobre ellos como un gigante amenazador, con los brazos en jarra y las piernas separadas, mirándolos ceñudo y ojeroso, al tiempo que los instaba, haciendo gala de un humor aún peor que el suyo, a despabilarse de inmediato. Después de desayunar, el patrón de la barcaza aguardó el tiempo justo a que se disipara la bruma que reptaba a ras de las aguas, y de seguido mandó levar el ancla y largar la vela.

Tras el terrible incidente de la pasada noche, Mackay decidió continuar explorando el litoral occidental del estuario del Altamaha. A decir verdad, no tenía la menor esperanza de hallar alguna pista de la escurridiza «Bestia de Georgia» por aquellos lares, surcados por una miríada de ramales del río y marismas; pero consciente, como en todo momento, de la absoluta imposibilidad de llevar a cabo su cometido con total eficacia, se decantó por seguir ese derrotero. En el ínterin, todo poblado indio que se le presentó a la vista fue lugar de parada obligatoria, pese a que nadie albergaba demasiadas expectativas de obtener allí alguna noticia sobre Pluto. Además, tras la fatídica pérdida de su único intérprete, Jack «el Huraño», se las vieron y se las desearon para comunicarse de manera inteligible con los nativos de la zona, ya que los indios creeks que les acompañaban chapurreaban tan malamente el inglés, que poco podían aclararles de las algarabías de los otros. Para colmo de su desconcierto, los jefes y guerreros de las tribus declararon haber visto al gigante negro en lugares tan dispares, ora cercanos, ora lejanos, que las largas y enrevesadas charlas que sostuvieron con ellos no le sirvieron prácticamente de nada.

En resumidas cuentas, en medio de tales escollos naturales y culturales discurrieron su sexto y séptimo día de travesía, hasta que Mackay, hastiado de aquella infructífera expedición, ordenó al patrón poner rumbo hacia la desembocadura del río Altamaha y remontarlo, de vuelta a Darien. Sin embargo, pronto iba a tener lugar un nuevo acontecimiento...

Después de pasar una noche más a bordo de la barcaza —pues tras la muerte de Jack «el Huraño» nadie había querido volver a dormir en tierra—, habían reanudado viaje sin novedades, cuando, hacia mediodía, divisaron una canoa que venía a su encuentro desde río abajo. En efecto, la visión de una embarcación de este tipo no tenía nada de extraordinario, pero no pudo por menos de llamarle la atención a Mackay y sus hombres la reacción de sus tripulantes, quienes prorrumpieron en gritos de júbilo al verlos. Por lo que pudieron advertir, aun de lejos, se trataba de tres individuos de la región: uno era blanco y

vestía a la usanza de los cazadores de los bosques, con traje de flecos y gorro de piel de castor; y los otros dos eran indios chickasaws, quienes llevaban el torso descubierto y la cabeza coronada con plumas.

Después de su estallido de gritos exultantes, los tres sujetos detuvieron su canoa y se pusieron a llamarlos a grandes voces, al tiempo que les hacían señas agitando los remos en el aire. Debido a la considerable distancia que los separaba, Mackay y los suyos no pudieron entender lo que les decían, de modo que la barcaza viró de bordo y enfiló hacia ellos. Entonces, cuando las dos embarcaciones se hallaron juntas costado con costado, el hombre blanco soltó una carcajada y exclamó:

—¡Bendito sea el cielo, capitán «Okey»! ¡Menos mal que no he tardado mucho en encontraros!

Mackay observó con curiosidad al barbudo y sonriente individuo, al que reconoció enseguida como uno de los tramperos que se dejaban ver a menudo por Fort Frederica y Darien, y preguntó extrañado:

—¿Y para qué me buscabas?

En ese momento, el rostro del trampero se ensombreció, y con tono lastimero contestó:

—¡Ay! El general Oglethorpe me mandó a buscaros para deciros que os presentéis cuanto antes en Fort Frederica..., *¡pues ahora «La Bestia» se encuentra en Saint Simons!*

Huelga decir que esta noticia causó la mayor sorpresa entre toda la gente de la barcaza.

—¿Que «La Bestia» se encuentra en Saint Simons? —repitió pasmado Mackay—. ¡Por todos los santos! ¿Desde cuándo?

—Se supone que desde anoche —repuso el trampero—. El caso es que esta mañana fue encontrado el cadáver del hacendado Campbell en su morada, a las afueras del fuerte..., ¡degollado, tuerto y desorejado!

Un silencio súbito se hizo entre la murmurante multitud de la barcaza, que se quedó mirando apabullada al funesto mensajero. Pero en esto, el sargento Barclay dijo con lúgubre sarcasmo:

—¡Vaya! ¿Qué os parece? De manera que mientras nosotros perdíamos el tiempo buscando a ese demontre por el estuario, él se fue derechito a Saint Simons a continuar sus degollinas.

A lo que Mackay, todavía sin salir de su estupor, repuso como si hablara consigo mismo:

—Definitivamente, o ese condenado negro es en verdad un espectro, capaz de volar sobre las aguas, o el muy bribón se escabulló en bote cuando nos dio esquinazo en Little Broughton...

—¡Ah, capitán «Okey»! —exclamó el trampero—. Pues resulta que esta misma mañana fue encontrada una balsa de troncos varada en una ensenada cercana a la Hacienda Campbell. Nadie sabe con certeza si pertenecería a «La Bestia», pero lo cierto es que estaba en muy mal estado. Los troncos y las cuerdas que los sujetaban estaban tan podridos, que fue un milagro que su tripulante consiguiera llegar a tierra sin irse a pique. Lo que está claro es que no volvió a por ella...

En ese momento, Mackay recordó la arena revuelta en la orilla de la isla Little Broughton, y dedujo que, efectivamente, el nefando cimarrón tuvo que escapar de allí en aquella maltrecha balsa cuando lo perseguían.

—El general Oglethorpe —continuó el trampero— ha dispuesto que varias patrullas hagan ronda por las costas de Saint Simons, a fin de evitar que el monstruo asesino intente escapar a nado o en algún bote robado; pero carece de hombres suficientes para inspeccionar a fondo los bosques y pantanos del interior, por lo que me envió en vuestra busca para que os unáis a los grupos que hacen las batidas. De modo que, en caso de que ese maldito negro sea de carne y hueso, ¡lo cazaremos y desollaremos como a una comadreja!

—¡Desde luego, esta vez «La Bestia» se ha metido en un atolladero! —repuso Mackay, y volviéndose hacia el patrón de la barcaza, exclamó—: ¡Vamos, rumbo a Saint Simons!

Un instante después, el lanchón se puso de nuevo en movimiento, en medio de un clamor de vítores por parte de sus pasajeros, siendo seguido a su vera por la canoa del mensajero. Y a pesar de lo cargada que iba aquella embarcación, ya de por sí pesada y lenta, surcó las aguas del río a una considerable velocidad, propulsada por una súbita y favorable brisa que hinchó su vela.

Casualmente, se hallaban a una escasa milla de la embocadura septentrional del río Frederica, que contornea la costa oeste de la isla de Saint Simons, así que poco después la barcaza enfiló en derechura por aquel cauce. En esto, Mackay y sus hombres se alegraron de dejar atrás el río Altamaha, y disfrutaron por primera vez de tan largo y tedioso viaje, contemplando plácidamente, sin preocuparse de escrutarlas, las exuberantes orillas del Frederica. Mientras tanto, la barcaza continuó avanzando todo lo rauda y veloz que daba de sí, ora virando a babor, ora virando a estribor por los sinuosos meandros del río. Y así, unas horas antes del anochecer, y mucho antes de lo que todos esperaban, llegaron a la ensenada noroccidental de la isla de Saint Simons, ante la que se alzaba la empalizada de Fort Frederica.

14
Zafarrancho en Saint Simons

L a pintoresca estampa que se ofreció a la vista de los recién llegados era la misma que habían contemplado en otras ocasiones
que visitaran Saint Simons. Un par de goletas se mecían fon-
deadas en su recoleto puerto, con las velas recogidas y rodeadas
por un enjambre de botes que descargaban las mercancías que portaban en sus bodegas, mientras que en la arena de la ensenada podían
verse un puñado de canoas y barcas de pesca varadas, cuyos propietarios descargaban a su vez los frutos de su faena diaria. Aparentemente,
al menos en aquella parte de la isla, no se observaba ningún signo de
agitación que turbara la vida cotidiana.

Una vez hubieron desembarcado, Mackay y sus hombres entraron
en Fort Frederica por la puerta de la batería. A continuación, fueron
conducidos por un sargento de guardia hasta el patio de armas, donde,
como de costumbre, la tropa permaneció a la espera, en tanto que el
capitán Mackay y el teniente Elliott fueron llevados directamente a la
presencia del gobernador de Georgia en el edificio principal. Allá en su

despacho, los escoceses encontraron al general Oglethorpe sentado a su escritorio, con un mapa de la isla de Saint Simons ante él. Varios oficiales de alto rango lo rodeaban, de pie y mirando el plano por encima de sus hombros, mientras su superior les hablaba con un inusual tono malhumorado, señalando con una vara diferentes puntos en el papel. Nada más ver entrar a Mackay y a Elliott, el gobernador les hizo una seña para que se acercaran a la mesa, y por todo recibimiento gruñó:

—¡Caballeros, esto es el colmo! Como ya sabréis, ese maldito sicario de los españoles al que llaman «La Bestia» ha osado turbar la paz de la mismísima Saint Simons con sus brutales crímenes —y diciendo esto, pegó un fuerte varazo sobre el mapa—. ¡Ah! Pero ese cimarrón sanguinario —continuó, con su ceñuda mirada fija en el plano— ha cometido un gravísimo error viniendo aquí, pues se ha metido, como si dijéramos, en una trampa para anguilas. Porque, aunque haya entrado con facilidad, ¡le va a resultar extremadamente difícil salir!

En ese momento, Mackay se cuadró con garbo, dispuesto a hacer algún comentario al respecto. Pero antes de que abriera la boca, el general Oglethorpe continuó:

—Lamento de veras haberos hecho perder el tiempo batiendo las riberas del Altamaha. Total, ¡para nada!, ya que disponiendo de un grupo tan reducido de efectivos, ¿cómo diantres ibais a encontrar a ese bellaco?

En esto, el teniente Elliott le dirigió una mirada de soslayo a Mackay, quien estuvo a un tris de mencionar su tropiezo con Pluto en Little Broughton. Pero se lo pensó mejor y permaneció callado.

—La muerte del hacendado Campbell —prosiguió el general Oglethorpe— fue una verdadera lástima. Un hombre tan próspero y eminente, modelo de tesón y éxito en la colonia... ¡No merecía el horrible final que tuvo! El mayor Villin lo conocía bien, ¿no es así?

El tal mayor Villin era uno de los oficiales que rodeaban al gobernador: un inglés con pinta de gañán muy emperifollado, tocado con un enorme pelucón de rizos, como su superior. Este sujeto, que acababa de ser sorprendido tomando un pellizco de rapé, se limpió enseguida la nariz en la manga de su casaca y, con voz ronca pero engolada, repuso:

—¡Oh, sí, excelencia! ¡Vaya que si lo conocía bien! El viejo señor Andrew Campbell, apodado «Leña» Campbell por la delicadeza con que azuzaba a sus esclavos... ¡Ah, buen Dios! Todavía me parece estar viendo a ese obeso e irascible caballero escocés, embutido como una morcilla en su traje de tartán, con su pequeña boina coronando su voluminosa mollera, mientras renqueaba con su bastón por las sendas de su plantación de caña de azúcar, resopla que te resopla, maldice que te maldice, presto a baldar a garrotazos a los negros más perezosos...

Efectivamente, la descripción que hiciera el mayor Villin del hacendado asesinado sonaba a pura mofa, al tiempo que la expresión de su semblante y el tono de su voz resultaban teatralmente compungidos. Al escucharlo, Mackay y Elliott no pudieron por menos de fruncir el ceño ante las afrentosas palabras de aquel petimetre inglés referentes a un paisano suyo. Pero, ante la indiferencia del gobernador, guardaron silencio.

—Pues bien —continuó el mayor Villin—, el señor «Leña» Campbell fue hallado esta mañana en la alcoba de su caserón, desplomado sobre la cama como un saco de patatas, con el gaznate segado de oreja a oreja, o mejor dicho, de muñón a muñón donde una vez las tuviera, y con el ojo derecho vaciado. Evidentemente, semejante escabechina sólo pudo ser obra de «La Bestia»...

»Según declararon los sirvientes del hacendado, ninguno de ellos vio ni oyó nada fuera de lo común anoche; pero, al llegar el día, encontraron a su amo tal como he dicho. Una ventana abierta de par en par, mostraba a las claras por dónde había entrado y salido el asesino.

Sin embargo, la ventana no había sido forzada, sino que el señor «Leña» Campbell había cometido la imprudencia de dejarla abierta. ¡Ay! De manera que buscando un poco de frescor para combatir el calor de la noche halló su perdición. No obstante, cabe suponer que por muy precavido que hubiera sido este desventurado caballero ya estaba sentenciado de antemano, puesto que «La Bestia» había tramado aniquilarlo como a tantos otros señores de Georgia.

—Podréis imaginaros —comentó de seguido el general Oglethorpe— el pavor que se desató en Saint Simons al correrse la noticia de que el negro Pluto está en la isla. Estamos convencidos de que la balsa que fue hallada en la ensenada era suya. Y sin embargo, lo cierto es que tras asesinar al señor Campbell podría haber escapado sin que nadie lo supiera; si no en su propia embarcación —la cual, según me consta, estaba bastante deteriorada—, en cualquier otra robada. De hecho, hubiéramos creído que así lo hizo de no ser porque, a poco de amanecer, unos pescadores sorprendieron al cimarrón merodeando por las marismas que se extienden hacia el sur de la Hacienda Campbell.

—¡Efectivamente! —saltó el mayor Villin—. Y el caso es que la descripción que hicieron los pescadores del criminal coincide en todo detalle con el retrato popular de «La Bestia»: un negro gigantesco, tremendamente musculoso y de aspecto simiesco; tuerto y desorejado, con el pellejo chamuscado, y armado con un cuchillo ensangrentado...

—¡Ya sabemos de sobra la pinta que tiene ese condenado negro! —protestó el general Oglethorpe, pegando otro varazo en la mesa y lanzándole una mirada colérica al petimetre, que se encogió de hombros con una mueca desabrida. Y dirigiéndose de nuevo a los oficiales escoceses, prosiguió—: Nada más ser informado de su avistamiento, mandé una partida a explorar aquellos cenagales; pero, aunque fueron descubiertas algunas huellas del fugitivo, no se logró dar con él. Al mismo tiempo, ordené que varias patrullas hicieran ronda por las riberas de la isla y vigilaran todos los embarcaderos; mas hasta ahora no he recibido ninguna novedad. Con todo, estamos convencidos de que ese bellaco debe estar escondido en alguna parte, esperando la menor ocasión para escapar de Saint Simons. Así que, además de movilizar a todos los hombres disponibles en Fort Frederica, Delegal's Fort y Saint Simona, he solicitado refuerzos a los puestos vecinos de las islas Little Saint Simons, Sea y Jekyll, para inspeccionar palmo a palmo todos los bosques y pantanos de la nuestra. Y es por eso, capitán Mackay, que al recordar que vos no andabais muy lejos de aquí, mandé enseguida a buscaros para que os unáis a las batidas...

Dicho esto, el general Oglethorpe permaneció durante unos instantes callado, contemplando con aire pensativo el plano desplegado sobre su mesa, hasta que de pronto exclamó:

—¡Y bien, caballeros! Ahora que estáis completamente al corriente de la situación, os diré cuál es la misión que voy a asignaros...

Acto seguido, el gobernador se arrellanó en su sillón y entrelazó las manos sobre el vientre, mientras observaba a Mackay y a Elliott con una sonrisa socarrona.

—Si mal no recuerdo —continuó—, ambos intervinisteis en la defensa de Saint Simons durante la guerra, ¿no es cierto?

Los *highlanders* contestaron afirmativamente al unísono, ansiosos por conocer su cometido.

—Entonces —prosiguió el general Oglethorpe— ya conoceréis los pantanos de Gully Hole Creek y Bloody Marsh... Pues bien, mis órdenes son las siguientes: teniente Elliott, vos os dirigiréis al primero con la mitad de vuestro destacamento; y vos, capitán Mackay, iréis al segundo con el resto de vuestros hombres. Lamento que no podáis permanecer juntos en esta nueva misión, pero debido a la amplitud de la superficie de Saint Simons no me queda más remedio que dividir las fuerzas disponibles. Y ahora, ¿deseáis hacer algún comentario?

En ese momento, los dos oficiales lanzaron un inquieto vistazo hacia la ventana oriental del despacho, a través de la cual se filtraban los rayos del sol vespertino formando un atenuado parche amarillo en el suelo.

—Excelencia —habló primero el teniente Elliott, dispuesto a expresar la preocupación de ambos—, dentro de poco oscurecerá, de manera que no podremos explorar como es debido esos cenagales.

—Lo sé, teniente Elliott —gruñó el general Oglethorpe—. Así que cuando anochezca, tendréis que continuar la batida alumbrándoos con antorchas.

—¡Pero, excelencia! —intervino de seguido el capitán Mackay—. ¡Así será muy difícil inspeccionar esos lugares!

—¡Oh! ¡Muy difícil, muy difícil! —repitió con sorna el gobernador—. Pues si resulta que al final «La Bestia» es en realidad un fantasma, como se rumorea, a buen seguro que la noche será el momento más propicio para sorprenderlo, ¿no os parece? —y como si hubiera hecho un buen chiste, buscó con mirada suspicaz la complicidad de los altos cargos que lo rodeaban, quienes se limitaron a esbozar una sonrisa complaciente con un leve requiebro—. De hecho —añadió—, he ordenado que todas las partidas que hacen ronda por la isla continúen sus pesquisas después de la puesta de sol. Así que mañana por la mañana, a más tardar, ¡espero que traigan a mi presencia a ese maldito asesino! —y diciendo esto, pegó otro fuerte varazo en la mesa—. Y ahora, caballeros, no perdáis el tiempo. Aligerad el paso e id directos a vuestros destinos —concluyó, moviendo la cabeza para indicarles que podían marcharse.

El capitán Mackay y el teniente Elliott se despidieron con un brioso saludo y se dirigieron enseguida hacia la puerta del despacho. Pero antes de que la abrieran, el general Oglethorpe volvió a llamarlos.

—¡Aguardad un momento! —dijo—. No dudo que a cualquiera de los dos os gustaría obtener un ascenso. En tiempos de paz es difícil que un oficial suba de rango sin ninguna acción especial en la que tenga ocasión de destacar. No obstante, podéis confiar en que obtendréis un ascenso, doble sueldo, medallas, incluso un estupendo uniforme de oficial como os corresponde —agregó, observando con una mueca despectiva sus sucias y raídas guerreras de soldado raso— si conseguís atrapar al negro Pluto. Tened esto bien en cuenta, pues pienso recompensar con la mayor esplendidez al primero que me lo traiga. Así que marchad con Dios. ¡Y buena suerte en la cacería!

Los oficiales escoceses saludaron una vez más al gobernador de Georgia con un enérgico ademán, y salieron rápidamente de su despacho.

15
El Pantano Sangriento

U na vez en el patio de armas, Mackay explicó brevemente a sus hombres cuál iba a ser su nuevo cometido. Los refunfuños del sargento Barclay y algunos soldados fueron acallados de inmediato por su malhumorado capitán, quien enseguida organizó con el teniente Elliott la división del destacamento tal como lo habían convenido desde que partieron de Darien. Por su parte, el patrón de la barcaza y su tripulación se despidieron de sus compañeros de viaje y regresaron al puerto, alegrándose de no tener que intervenir en las batidas por el interior de la isla, aun cuando tuvieran que unirse a las rondas marinas que vigilaban las costas. En cuanto a los guerreros creeks agregados a la tropa, tampoco pudieron escurrir el bulto, pues fueron repartidos nuevamente entre los dos grupos de escoceses.

Al salir de la fortaleza, cruzaron a paso ligero el pueblo de Frederica. En el ínterin, observaron que a excepción de los soldados que estaban de guardia en el fuerte, todos los demás estaban ausentes. Salvo sus esposas e hijos, que desde los porches de sus cabañas observaban con inquieta curiosidad el tropel de *highlanders* y pieles rojas que atravesaba la calle principal del villorrio, no había quedado allí un solo hombre ocioso.

Una vez fuera de la ciudadela, la partida enfiló por la Military Road —la carretera bordeada por un seto de estacas que conectaba Fort Frederica con los demás puestos militares de Saint Simons— hacia su primer objetivo, situado a unas dos millas hacia el este. Por el camino se cruzaron con otros grupos que se dirigían a diversos puntos de la isla, formados por soldados y milicianos, cazadores y tramperos, e indios de las tribus de la región. En medio de aquel trajín de variopintos contingentes, la mayoría de ellos dirigidos por altivos oficiales ingleses montados a caballo, Mackay no pudo por menos de echar en falta su propia montura, que había dejado en Fort King George. Mas comprendiendo que en cuanto se internara en los bosques y pantanos de Saint Simons se iba a mover con mayor ligereza a pie, se dejó de inútiles lamentos. Así pues, siempre al trote sobre sus robustas piernas y a la cabeza de su destacamento, el capitán «Okey» Mackay no se detuvo un solo instante hasta encontrarse a la altura de Gully Hole Creek. Allí se despidió del teniente Elliott, quien enseguida cruzó el vado abierto en la estacada de la carretera y se esfumó con sus hombres entre las espesuras que bordeaban la ciénaga, mientras Mackay y los suyos proseguían la marcha.

Después de recorrer unas cinco millas hacia el sur por la Military Road, la partida de Mackay llegó a Bloody Marsh: el Pantano Sangriento. Para entonces, el sol empezaba a ponerse y su luz carmesí incendiaba aquel paraje, otorgándole un aspecto muy acorde con su macabro nombre. Una vez alcanzado su objetivo, Mackay y sus hombres hicieron una parada antes de adentrarse en el pantano, el cual contemplaron a través de un hueco entre los árboles que lo precedían.

Ante ellos se extendía el humedal, cubierto de altas hierbas y palmitos erizados apiñados en islotes arenosos. La candente luz crepuscular rielaba sobre las turbias aguas, de manera que parecía que estuvieran de veras teñidas de sangre. Y más allá, al final de aquel yermo enrojecido, se alzaba un espeso bosque de robles y cipreses. En esos momentos una bandada de garzas sobrevolaba el pantano, cuya fugaz presencia y chillidos, unidos a los graznidos ocasionales de los patos silvestres y al canto monocorde de las ranas agazapadas en la maleza, revelaban la rica vida animal concentrada en aquel lugar.

En efecto, ante el peculiar aspecto que ofrece este paraje a la puesta del sol, sería fácil suponer que a tal debe su nombre. Sin embargo, el Pantano Sangriento había sido denominado de esa manera por otra causa. En los tiempos de nuestra historia, el año 1743, tan sólo un año atrás había sido escenario de una de las batallas más importantes de la guerra del Asiento, cuando el general Manuel de Montiano, gobernador de La Florida, invadió con sus tropas la isla de Saint Simons. Un día antes del conflicto, los británicos habían rechazado a los españoles en el pantano de Gully Hole Creek; pero la batalla decisiva había tenido lugar en el Pantano Sangriento. Allí, un contingente compuesto por soldados ingleses de Fort Frederica y escoceses de Darien, había tendido una emboscada a una partida de avanzadilla enemiga. Tras ser sorprendidos por la primera descarga de mosquetería, los soldados españoles habían reorganizado sus filas y avanzado hacia los británicos atrincherados en las espesuras del bosque. En ese momento se desató el pánico entre los casacas rojas ingleses, que huyeron en desbandada abandonando a sus compañeros escoceses. Sin embargo, los *highlanders* permanecieron firmes en su posición, obedeciendo las órdenes de su comandante, el teniente Patrick Sutherland; pero también influenciados por la valerosa actitud de Mackay, quien con sus gritos de «*Okey!*» en respuesta a cada indicación de abrir fuego, junto a sus desafiantes improperios dirigidos al enemigo, había envalentonado al resto de la tropa.

En medio de sus recuerdos, Mackay recreó la refriega en su imaginación. De pronto, le pareció ver de nuevo a los temibles soldados españoles avanzando en columna hacia él: granaderos de uniformes blancos y enormes gorros de pelo negro; individuos de rostro cetrino y mirada furibunda, que empuñaban sus mosquetes hacia delante con las bayonetas caladas. Aquellos formidables adversarios marchaban marcando el paso, y sus pisadas retumbaban en el suelo como si lo golpearan con mazos, entremezclándose con el redoble de sus tambores. Esos sonidos volvieron a resonar en los oídos de Mackay, confundiéndose enseguida con el estruendo de los disparos y las exclamaciones de los combatientes. Y en medio de toda aquella trifulca le pareció percibir una vez más el tufo de la pólvora quemada, inmerso en la densa humareda que lo envolviera.

Durante dos largas horas, los escoceses no cesaron de intercambiar disparos con los españoles. El hecho de permanecer en todo momento apostados entre los árboles del bosque los mantuvo ocultos a la vista del enemigo, que disparaba a ciegas contra ellos, mientras que los otros se encontraban completamente al descubierto en campo abierto. Pero la inminente lucha cuerpo no llegó a tener lugar, pues, antes de alcanzar el bosque, los españoles se quedaron sin municiones, de manera que se vieron obligados a recular y salir del pantano. En consecuencia, pese a su reducido número, los *highlanders* se hicieron con la victoria, y sin perder un solo hombre. En cuanto a las bajas españolas, empero, no fueron tan cuantiosas como cabría suponer, sino se limitaron a un puñado de muertos. No obstante, los fanfarrones escoceses exageraron sus pérdidas, jactándose de haber hecho una gran masacre, y asegurando que la sangre de los caídos era tan abundante que tiñó de rojo las aguas de la marisma... Y debido a este bulo, el Pantano Sangriento fue conocido como tal desde entonces.

En definitiva, la batalla del Pantano Sangriento no fue más que una escaramuza, pero sirvió para detener el avance de las fuerzas españolas hacia su objetivo principal, Fort Frederica. Poco después, el general De Montiano se retiró con sus tropas de Saint Simons y la guerra terminó. De esta manera, Gran Bretaña conservó su recién fundada colonia de Georgia, y el aclamado Roy «Okey» Mackay obtuvo su raudo ascenso de vulgar soldado a capitán.

El oficial escocés rememoraba tales sucesos, satisfecho con el provecho que había sacado de la contienda, mientras continuaba contemplando la ciénaga a la luz del ocaso, cuando la voz del sargento Barclay lo devolvió de sopetón al presente.

—Capitán «Okey» —dijo aquél—, será mejor que preparemos unas antorchas antes de meternos en el pantano.

—Bien pensado, Barclay —repuso Mackay, dándole una afectuosa palmada en el hombro—. Además de mollera, tienes sesera, amigo mío —bromeó, consiguiendo que el obeso sargento sonriera levemente, borrando por unos instantes el gesto sombrío de su rostro.

Acto seguido, Mackay ordenó entrar en el bosque por el vado de la carretera que daba al mismo, y los hombres, que reposaban apoyados sobre sus mosquetes, le siguieron mascullando con desgana. Poco después, se detuvieron en el claro a través del cual habían estado observando el pantano. Allí encendieron una hoguera con la pinocha acumulada al pie de unos pinos; luego, arrancaron algunas ramas de los árboles y, tras guardar unas cuantas de repuesto en sus mochilas y prender en el fuego las que empuñaban, siguieron a su jefe ciénaga adentro.

16
El señor del pantano

Cuando el capitán Mackay y su partida pisaron la pradera que se extendía más allá del bosque, las sombras de la noche ya habían cubierto el lugar con su denso manto, de manera que sólo a la luz de las antorchas podían distinguir el suelo firme de las aguas del pantano. Desde luego, pretender hacer una batida por aquel paraje a esas horas no tenía sentido; pero, aun así, Mackay se dispuso a cumplir su misión lo mejor posible. A decir verdad, su breve estancia en el Pantano Sangriento, durante la batalla homónima, no le había reportado un conocimiento profundo de la zona, y no tenía la menor idea de qué rincones serían los más convenientes a registrar. Lo más probable era que Pluto, en caso de que anduviera por allí, se hubiera ocultado en las zonas boscosas de los contornos; pero el llano en que acababan de internarse ofrecía innumerables escondrijos entre sus frondosidades. Por lo tanto, desplegó a la tropa en hilera para peinarlo.

La partida avanzó a través del oscuro humedal como una refulgente línea de fuego, escrutando palmo a palmo todos los recovecos del herbazal y los bosquecillos de palmitos erizados que lo forraban. Sin embargo, la misma luz que les servía para inspeccionarlo delataba su presencia en toda su extensión, de manera que sería muy difícil sorprender al cimarrón. Efectivamente, a nadie se le había escapado este contratiempo antes de salir a campo abierto; pero como no podían prescindir de las antorchas para cumplir su cometido, se encogieron de hombros y siguieron adelante. A fin de cuentas, lo último que deseaban los hombres de Mackay era tropezarse con «La Bestia». De hecho, incluso el capitán «Okey» temía llegar a dar con el abominable negro, cuya supuesta condición espectral, por más que se empeñara en disimularlo, no dejaba de inspirarle un pavor reverencial. Aun así, su forzado escepticismo y las expectativas de obtener un ascenso eran mucho más poderosos que su miedo a habérselas con un espantajo del Más Allá. Y a todo esto, la noticia del hallazgo de la balsa en la ensenada de la isla, presumiblemente perteneciente a Pluto, había fortalecido su creencia en que debía tratarse de un simple mortal, a pesar de sus formidables cualidades…

Mientras cruzaban la tenebrosa ciénaga, la ansiedad que los dominaba a todos dio rienda suelta a su fantasía, que empezó a pintarles extrañas figuras a la lumbre del fuego. En cada espeso matojo de hierbas o hacinamiento de palmeras achaparradas, creían intuir la presencia del terrible asesino, o esperaban hallar el cadáver de alguna nueva víctima. Incluso algunos de los *highlanders* más imaginativos, veteranos de la batalla en el pantano, comenzaron a ser presas de sus propias supercherías, y no dejaron de estremecerse ante el aspecto sanguinolento que presentaban las aguas al resplandor de las antorchas, al tiempo que les parecía atisbar ante ellos los espectros de los granaderos españoles que habían abatido, amortajados en sus propios uniformes enmohecidos, acechándoles con sus rostros cadavéricos entre las altas hierbas, esperando a que alcanzaran su posición para abalanzarse sobre ellos... Con todo, en el transcurso de la batida, los momentos de mayor tensión se los causaron las aves que se cobijaban en las espesuras, las cuales levantaban el vuelo súbitamente, asustadas por su presencia, y cuyos graznidos resonaban con tal estridencia en la quietud de la noche, que por unos instantes les impedían escuchar el chapoteo de sus propias pisadas en la encharcada maleza y el incansable croar de las ranas.

Cuando Mackay y sus hombres llegaron por fin a la linde del bosque situado al otro lado del humedal, no puede decirse que suspiraran con alivio; pues allí empezaba el auténtico corazón de las tinieblas del Pantano Sangriento. Los enormes robles que lo poblaban extendían sus retorcidas ramas sobre sus cabezas a más de treinta pies de altura, y de ellas colgaban largos y encrespados festones de musgo, cuya pálida tonalidad verdosa contrastaba con la negrura de sus troncos y ramaje. Mezclados con los robles había gran número de arbustos, agigantados y espesos, entre los cuales malamente atisbaban algunos estrechos pasadizos. El siniestro robledal llegaba hasta el mismo borde de la ciénaga, donde se alzaba, a su vez, un diseminado bosque de cipreses, no menos inmensos y musgosos, cuyos troncos se ensanchaban aún más a ras de agua, hundiendo sus raíces en las profundidades, algunas de las cuales volvían a emerger a la superficie en forma de muñones semejantes a estalagmitas.

Allí, la pestilencia de las aguas empozadas, cubiertas de hojarasca, ramas y troncos desplomados, era más intensa que en ninguna otra parte, y nubes de mosquitos zumbaban por doquier. Para colmo de contrariedades, observaron cómo empezaba a brotar del pantano una ondulante bruma, que enseguida invadió la pradera y el bosque, pareciendo confabularse con el agobiante calor de la noche para sofocarlos todavía más con su viscoso contacto. Sin lugar a dudas, aquel era un lugar insano y pródigo en fiebres, donde no convenía demorarse demasiado, así que Mackay condujo a sus hombres hasta un calvero entre el robledal y la pradera, apartado de las pútridas aguas, donde el aire parecía menos viciado. En ese rincón, decidió hacer un alto para cenar y descansar un rato antes de comenzar a inspeccionar el bosque. De manera que, ligeramente aliviados, los soldados escoceses y los indios se sentaron sobre aquel parche de arena pelada y abrieron sus mochilas y zurrones para sacar sus vituallas.

—Menuda nochecita nos espera —gruñó el sargento Barclay, mientras se secaba el sudor del rostro con su propio gorro—. Bien haríamos en acampar aquí mismo y esperar a mañana para continuar la batida.

—Cállate, Barclay —le espetó Mackay, enjugando el sudor de su cara del mismo modo—. Las órdenes son las órdenes y hay que obedecerlas. De todas formas, no pienso haceros pasar toda la noche peinando este maldito lugar. En la próxima parada que hagamos, descansaremos hasta que vuelva a brillar el sol.

—¡Bah! No sé para qué nos molestamos en buscar a «La Bestia» en este pantano —continuó rezongando el sargento—. Si no es un fantasma y ya ha volado lejos de Saint Simons, a buen seguro que andará por la costa oeste, esperando el momento oportuno para burlar la vigilancia y cruzar el río. Vamos, ¡si es que no lo ha hecho ya! Además, ni siquiera le haría falta conseguir un bote para eso. Agarrado a un simple madero, o a la rama de un árbol, podría escapar a nado.

—¡Claro que sí! —convino Mackay con sorna—. Pero también podría haber decidido quedarse en la isla una noche más para divertirse sacando ojos, cortando orejas y rebanando gaznates. De hecho, podría estar ahora mismo rondando por aquí cerca. La verdad es que el Pantano Sangriento es un lugar ideal para un monstruo como él, ¿no te parece?

Justo en ese momento, uno de los indios soltó un tremendo alarido, y levantándose de un salto señaló hacia el interior del bosque. Todos se volvieron de inmediato hacia el punto que indicaba, escudriñando las sombras con ansiedad. La luz de las antorchas, que habían enterrado por los cabos en la arena del claro, no alcanzaba a iluminar más allá de unas cuantas yardas a su alrededor; pero para entonces la luna había ascendido en el cielo y sus rayos se filtraban entre las ramas de los robles, alumbrando tenuemente sus tinieblas. Así pues, pudieron ver, aunque de manera confusa, una silueta misteriosa, la cual se ocultó enseguida detrás de un tronco.

Un instante después, la alarmada partida empuñó sus mosquetes, a la par que Mackay echaba mano a sus pistolas. Pese a que apenas habían tenido tiempo de atisbar aquella escurridiza figura, les había bastado para percatarse de que tenía forma humana, no obstante lo cual no pudieron por menos de dudar si se trataría de un hombre o de un fantasma... Este pensamiento, sobrecogió tanto al capitán «Okey» como al resto de sus compañeros; pero, sobreponiéndose al canguelo, se puso en pie y, apuntando con sus pistolas hacia el tronco del roble tras el que se había agazapado el merodeador, exclamó:

—¡Eh, tú! ¿Quién eres y qué haces aquí?

A lo que una voz cascada y chillona contestó:

—¿Que quién soy y qué hago aquí? ¡Ca! ¡Eso mismo me pregunto yo acerca de vosotros!

Aquella respuesta, aunque nada satisfactoria, tranquilizó hasta cierto punto a Mackay, quien a continuación anunció:

—Soy el capitán Mackay, y estos son mis hombres. El general Ogle-thorpe nos ordenó inspeccionar este pantano en busca del negro ase-sino al que llaman «La Bestia». Y ahora, ¡di quién eres tú y da la cara!

Entonces, el extraño respondió con tono petulante:

—¡Yo soy Bauldie McKellar, el señor del Pantano Sangriento! Aun-que todos en Saint Simons me conocen mejor como Bauldie «el Araña» a secas.

Dicho esto, el morador del bosque salió de su escondite y, corre-teando de manera grotesca, encorvado y sacudiendo de un lado a otro el mosquete que sujetaba con ambas manos, se llegó en un periquete hasta el claro.

Aquel tal Bauldie McKellar, alias «el Araña», era un sujeto desco-nocido para Mackay y los suyos, quienes no recordaban haberlo visto

durante sus cortas estancias en la isla de Saint Simons; de modo que lo contemplaron de arriba abajo con la mayor curiosidad en cuanto se plantó ante ellos. Éste era un pequeño y enclenque vejestorio con un aspecto de lo más singular. La largura de sus escuálidos brazos y piernas era tal, que a ello parecía deberse, sin duda, su peculiar mote. Por toda vestimenta llevaba un *kilt*, tan mugriento que era imposible discernir el color de su tela de tartán. En lugar de la tradicional *sporran* escocesa, le colgaba sobre el mismo una concha de tortuga, y más arriba, en un guiñapo de piel que utilizaba a modo de cinturón, le asomaba la cabeza de un *tomahawk*. El torso lo llevaba desnudo, pero cubierto de pintarrajos negros, rojos y verdes, elaborados, evidentemente, con grasa animal mezclada con carbón, sangre y musgo. Asimismo, tenía el rostro embadurnado de hollín, de manera que el blanco de sus ojos resaltaba con tanta estridencia como en la tez de un negro. Gastaba una barba larga y canosa semejante a la de un chivo, y de su abundante y revuelta cabellera pendían dos luengas trenzas que enmarcaban su flaco rostro. De su cuello colgaba un amasijo de collares, fabricados con huesos y dientes de animales combinados con conchas marinas, al estilo de los pieles rojas. Por último, usaba unas burdas calzas confeccionadas con el pellejo de alguna alimaña, atadas con cordeles a la altura de las rodillas. Tal era el aspecto de aquel extraño habitante del pantano.

—Conque tú eres el señor del Pantano Sangriento —dijo Mackay con tono irónico—. ¿Y quién te concedió tan ilustre título, si se puede saber?

—¡Me lo concedí yo mismo! —graznó el encorvado vejete, estirando el cuello hacia él con una mueca ladina—. Antes de que ese engreído pavo inglés de Oglethorpe construyera Fort Frederica, ya vivía yo aquí. Así que soy el legítimo amo y señor de este lugar. ¿Es que tienes algún problema con eso, muchacho?

—No, ninguno —repuso Mackay, sin poder contener una sonrisa ante sus ridículas morisquetas—. Pero dime, amigo —inquirió de seguido, recuperando al punto su seriedad—, ¿por casualidad no habrás visto por aquí a un negro enorme y de aspecto brutal?

—¡No, señor! —contestó el vejete—. Aparte de a vosotros, no he visto por aquí a nadie en todo el santo día y lo que va de noche. Pero si anda por mis dominios ese maldito negro, no te quepa duda que le meteré una bala entre los ojos —añadió, dándole una palmada a la culata de su mosquete.

—Muy bien —dijo Mackay—. Estoy seguro de que como señor del Pantano Sangriento conocerás bien todos sus rincones, ¿verdad? Pues, ¿qué te parece si nos echas una mano para buscar al asesino?

—¿A estas horas? —chilló alterado el hombrecillo—. ¡Que me aspen si lo hago! Mañana podréis contar conmigo; pero antes, ¡ni hablar! Y ahora, muchacho, escúchame tú a mí —prosiguió—: no soy más que un pobre viejo solitario, pero me gusta ser generoso con mis paisanos escoceses. Mi cabaña está cerca de aquí; no es que sea muy amplia, pero estoy dispuesto a compartirla con vosotros como un buen cristiano, si estáis dispuestos a aceptar mi ofrecimiento. Desde luego, más os valdrá dormir bajo un techo que tirados a la intemperie. Además —añadió, guiñándole un ojo a Mackay con un cómico gesto de complicidad—, tengo whisky suficiente como para abastecer a todo un regimiento. Y a buen seguro que os gustaría echar un trago, ¿o me equivoco? —inquirió, dirigiéndose a los demás.

Nada más escuchar la palabra «whisky», a todos los *highlanders* se les iluminó el rostro, incluso a sus compañeros indios, quienes gruñeron afirmativamente, alegrando de golpe sus hoscos semblantes. A continuación, todas las miradas se dirigieron hacia Mackay, quien tras titubear por unos instantes meneó la cabeza con aire divertido y dijo:

—¡*Okey*, amigo! Condúcenos a tu cabaña y probemos ese whisky. Y ya veremos qué hacemos luego.

La decisión de su jefe fue celebrada con un entusiasta «hurra» por la partida, tras lo cual todos recogieron sus bártulos y siguieron al estrafalario vejete hacia el interior del bosque.

17
Una turbia velada

Tras recorrer una corta vereda entre las espesuras, llegaron a un espacio despejado. Se trataba de un amplio calvero de dunas encajonado entre robles y arbustos, que formaban una muralla casi impenetrable a su alrededor. Allí se halló una vez una agrupación de pinos, de los cuales ahora no quedaba otro vestigio que el de sus cepas taladas, dispersas por toda la extensión del calvero. En un rincón, se alzaba la cabaña del «Señor del Pantano», construida con los troncos de los pinos. Su techumbre estaba hecha al estilo regional, con hojas secas de palmito erizado, pero el aspecto de su fachada resultaba aún más tosco de lo habitual; pues los troncos apenas habían sido desbastados, de manera que todas las paredes de la morada estaban erizadas por los muñones de las ramas cortadas.

A un lado de la cabaña brotaba un manantial, el cual había sido encauzado con un barril desfondado y medio enterrado en la arena. La pequeña corriente de agua surcaba el calvero de un extremo a otro, y a su alrededor crecían el musgo y toda clase de hierbajos con mayor exuberancia que en el resto del arenal. Al otro lado de la cabaña había un cobertizo, bajo el que se encontraba un viejo y escachifollado alambique de latón, y junto al mismo había un montón de barriletes apilados.

Mackay y sus hombres pudieron observar todo esto sin la ayuda de sus antorchas, ya que la luna alumbraba aquel espacio despoblado en medio del bosque con suma claridad.

—Bien, amigos —dijo el vejete, haciendo una ridícula reverencia y señalando con la mano a su cuchitril—, ¡sed bienvenidos al hogar de Bauldie «el Araña»!

Un instante después, entre correteos y muecas, el hombrecillo condujo a sus huéspedes hasta el cobertizo de la cabaña.

—Habéis de saber —dijo por el camino— que me dedico al inmemorial y venerable oficio de destilador, y que soy el principal surtidor de whisky de Saint Simons. ¡Oh, sí! Hubo un tiempo en que los indios creeks de esta isla fueron mis primeros clientes, y entre ellos el gran jefe Tahadda, luego conocido como «Nariz Colorada». Bajo los efectos de mi sublime «agua de fuego», aquel insigne líder indígena convino con el general Oglethorpe la venta de Saint Simons a Inglaterra por cuatro peniques. ¡Habéis oído bien, tan sólo por cuatro peniques! Cosa que hizo justo antes de regresar a su choza para dormir el último sueño de los benditos. ¡Ah, qué gran cliente perdí! ¡Fue una verdadera lástima la muerte de ese viejo tunante emplumado! Sin embargo, después de «Nariz Colorada», el mismísimo Oglethorpe y sus casacas rojas se convirtieron en mis más fieles clientes. Y a mi excelente licor deben esos piojos ingleses sus momentos más gloriosos de estupor.

Mackay y compañía escucharon entre risas los parloteos del vejete, a la par de ansiosos por probar su whisky. Una vez reunidos en el cobertizo, el hombrecillo vertió el contenido de uno de los barriletes apilados en un frasco, y con otra de sus grotescas reverencias se lo ofreció a Mackay.

—Ten, muchacho —le dijo—. En cuanto pruebes mi jarabe de cebada te convencerás de que es el mejor que hayas catado en tu vida.

Mackay tomó el frasco y le dio un sorbo, comprobando enseguida que aquel whisky no era nada del otro mundo. No obstante, consintió que su *sedienta* tropa también lo probara, así que los escoceses y los indios se pusieron en fila de inmediato y el vejete les llenó los cuencos de madera que le tendían.

—¡Bebed, bebed! —graznaba el carcamal entusiasmado—. ¡Bebed cuanto queráis, que yo os invito! ¡Ya os he dicho que este es el mejor whisky de Saint Simons! ¡Y si me apuráis, afirmaré que de toda Georgia! ¡Ya lo estáis paladeando y bien podéis corroborarlo! ¡El hogar de Bauldie «el Araña» es vuestro hogar, y su whisky está a vuestra entera disposición! ¡Bienaventurados los escoceses que se encuentran con sus paisanos lejos de su tierra! ¡Dios salve a la vieja madre patria, y bendiga a sus hijos dentro y fuera de la gran Alba![16]

Pronto, Bauldie «el Araña» llenó también un frasco para él, y, mientras bebía a grandes sorbos, se escurrió como una sabandija entre los altos y robustos *highlanders*, repartiendo apretones de manos y palmadas en la espalda. Incluso para los ariscos guerreros creeks, que lo observaban con desconfianza, tenía alguna palabra amable y morisqueta cómica que ofrecerles, de manera que empezaron a sonreír y carcajear complacidos.

Durante algún tiempo, Bauldie «el Araña» se deshizo en toda clase de visajes irrisorios y palabras cordiales entre sus invitados. Aparte de no andar en sus cabales, resultaba evidente que no estaba acostumbrado a recibir visitas en su recoleto cuchitril, y el hecho de que sus

---

[16] Nombre en gaélico escocés de Escocia.

huéspedes fueran escoceses lo colmaba de alegría. Poco después, Mackay y el sargento Barclay se sentaron con él en el porche de la cabaña, en tanto que sus hombres, tras hacer una hoguera con las antorchas, tomaron asiento en los tocones de los pinos talados que la rodeaban. Entonces, mientras Mackay contemplaba una vez más los pintarrajos que cubrían el cuerpo del vejete, inquirió:

—Di, Bauldie, ¿por qué vas pintado de esa manera?

A lo que el carcamal, tras soltar una áspera carcajada, contestó con jactancia:

—Porque, como buen descendiente de los antiguos y bravos pictos, me gusta decorar mi cuerpo tal como ellos.

Semejante respuesta hizo estallar en carcajadas al capitán «Okey» y al sargento Barclay, atrayendo enseguida la atención de los demás, que hasta ese momento charlaban entre sí mientras bebían, ajenos a su conversación.

—¡Pero qué rayos estás diciendo! —replicó Mackay—. Ningún escocés puede descender directamente de los pictos —arguyó a continuación—; pues, como todo el mundo sabe, aquellos salvajes se mezclaron con los escotos, de quienes procede el nombre de nuestra raza.

—Además —agregó el sargento Barclay, sin cesar de carcajear—, que yo sepa, los pictos no se embadurnaban de pintura de manera usual, así, sin ton ni son, como tú, sino sólo en tiempos de guerra; o al menos eso es lo que yo tengo entendido.

El viejo Bauldie frunció y alzó las cejas lo menos media docena de veces, aparentemente perplejo ante tales observaciones. Luego, se puso en pie de un brinco y se inclinó sobre ellos con gesto colérico, como si fuera a golpearlos. Pero, de repente, pareció pensárselo mejor y, dando media vuelta, entró renqueando rápidamente en la cabaña, de la que volvió a salir al instante con una gaita bajo el brazo, tan vieja y mugrienta como él mismo. Y plantándose en medio del porche, con actitud orgullosa, exclamó:

—¡Que me aspen si voy a discutir con mis paisanos sobre los orígenes de nuestros antepasados!

Dicho lo cual, se llevó la boquilla de la gaita a los labios y, tras dar un fuerte pisotón en el suelo, empezó a tocar.

El tema interpretado fue el himno *Flower of Scotland*, y pese a que aquel carcamal hacía sonar su gaita con una estridencia semejante al aullido de una docena de gatos escaldados, tras una primera explosión de risotadas burlonas los *highlanders* lo escucharon con cierta satisfacción. A continuación, el hombrecillo abordó otro tema popular, el *Scotland the Brave*, y aunque lo tocó de forma tan horrísona como el anterior, entusiasmó a sus oyentes a tal punto que se arrancaron a corearlo con orgullosa gravedad.

Cuando Bauldie «el Araña» terminó de tocar la segunda pieza, dejó la gaita a un lado y volvió a coger su frasco de whisky. Y alzándolo con gesto solemne, exclamó:

—¡Por los viejos tiempos en que los escoceses luchaban por la gloria y el honor de Alba!

Y acto seguido, bebió un buen trago. Su auditorio respondió a este brindis con un entusiasta grito de «¡salud!», y bebió también. Pero un instante después, Mackay se alzó sobre el diminuto vejete y dijo:

—No es necesario retroceder demasiado al pasado para brindar por las hazañas de los valerosos escoceses. Hace apenas un año, aquí mismo, vencimos nosotros a los españoles en la batalla del Pantano Sangriento. ¡Brindemos, pues, también por ello!

Entonces todos gritaron un segundo «¡salud!», aún con mayor entusiasmo, y bebieron una vez más. Pero la cosa no quedó ahí, pues a continuación el sargento Barclay se puso también en pie y añadió:

—¡Y venga otro brindis por nuestro capitán «Okey» Mackay, que tanto se distinguió en esa batalla!

Con aquel tercer brindis, la arrebatada soldadesca vació por completo sus cuencos, de modo que enseguida volvieron a hacer cola en el cobertizo para que Bauldie les sirviera una segunda ronda.

Para entonces, Mackay empezaba a sentir los efectos de una incipiente borrachera; pues, aunque estaba acostumbrado a trasegar grandes cantidades de whisky, era de esa clase de hombres a los que las bebidas fuertes los aturden con prontitud. Entretanto, ni por un instante se había olvidado de la misión que tenía entre manos, a la par que se reprochaba a sí mismo la ligereza con que se había dejado arrastrar a aquella intempestiva francachela. Sin embargo, sediento por naturaleza, como todo buen escocés, fue incapaz de rechazar la segunda ronda a la que los invitó su dadivoso anfitrión. Asimismo, no pudo por menos de pensar en lo absurdo y fastidioso que era proseguir su inspección nocturna del pantano, cuando sería mucho más sencillo hacerlo a la luz del día. De modo que, tras prometerse que reanudaría la batida a la mañana siguiente, volvió a tomar asiento en el porche de la cabaña y se dispuso a disfrutar, sin más, de aquella singular velada.

Apenas había vuelto a sentarse, cuando el eufórico sargento Barclay, que se había quedado de pie en el porche, se arrancó de buenas a primeras a relatar los hechos de la batalla del Pantano Sangriento. El caso es que el rollizo suboficial tenía un don especial para contar historias; y, aunque no había transcurrido más que un año desde aquel episodio de la guerra del Asiento, solía referirlo con un halo de antigua leyenda que hacía las delicias de todos sus oyentes. No en vano, a resultas de que le pidieran una y otra vez que relatara los sucesos, el sargento Barclay se había convertido en algo así como el cronista oficial de la batalla, al menos entre las gentes de Darien. Por lo tanto, pese a conocer de sobra todos los detalles de aquella pequeña gesta, como veteranos de la misma, los embriagados *highlanders* se acomodaron de nuevo en los tocones que les servían de asiento y, mientras seguían bebiendo y empezaban a fumar sus pipas, escucharon por enésima vez, con la mayor complacencia, aquella manida narración. Y bien puede decirse que quien la escuchó con mayor deleite fue el capitán Roy «Okey» Mackay, ya que, como aclamado héroe principal de la contienda, nadie podía sentirse más halagado.

Mientras tanto, el hasta entonces locuaz Bauldie «el Araña» se sumió en un profundo silencio. Agazapado en su rincón del umbral de la cabaña, en cuclillas, con sus largos brazos colgando a los lados y sus luengas piernas flexionadas, entre cuyas huesudas rodillas asomaba su rostro hirsuto y tiznado de hollín, ahora con expresión huraña, podría pasar por una monstruosa araña al acecho. Por su parte, sus huéspedes lo observaron divertidos, comprendiendo que su hosquedad se debía a que había dejado de ser el centro de atención. Pero pronto se olvidaron de él, absortos ante los consabidos hechos de la historia.

Cuando el sargento Barclay concluyó su extenso y pormenorizado relato, algunos hombres mencionaron cómo aquella noche les había dado la impresión de que las aguas del pantano estuvieran realmente teñidas de sangre, así como les había parecido vislumbrar a los fantasmas de los soldados españoles muertos espiándoles entre las espesuras. Entonces, Mackay dijo con tono jocoso:

—¡Eh, Bauldie! Seguro que tú, como amo y señor del Pantano Sangriento, habrás presenciado esos portentos en muchas ocasiones, ¿verdad?

A lo que su huraño anfitrión, alzando de golpe la cabeza, repuso con retintín:

—¡Por supuesto que sí! De hecho, los he observado tantas veces que ni todos los dedos de tus manos y tus pies juntos serían suficientes para contarlas. Pero estoy tan acostumbrado a ver las aguas rojas como la sangre y a esos fantasmas blancos como la cera, que ya no me dan ningún miedo.

—Y sin embargo —intervino el sargento Barclay, con un tono sombrío muy distinto al entusiasmo con que relatara su historia—, ahora mismo podría haber algo peor rondando por los bosques y pantanos de Saint Simons...

—¿Algo peor? —rechistó Bauldie—. ¡Ah, ya entiendo! —exclamó enseguida—. Te refieres a ese demontre al que llaman «La Bestia». A todo esto, ¿quién ha sido su última víctima?

—¿Es que no te has enterado? —inquirió Mackay.

—¡Que me aspen si lo sé! —replicó el vejete—. Hace días que no voy a Fort Frederica, de modo que no estoy al tanto de las últimas noticias.

—Pues has de saber —dijo el sargento Barclay con gravedad— que su última víctima ha sido el hacendado Andrew «Leña» Campbell.

—¡Santo cielo! —exclamó Bauldie, al tiempo que se santiguaba con su frasco de whisky—. ¡Que Dios lo acoja en su seno! En fin —agregó, encogiéndose de hombros con indiferencia—, era de esperar que tarde o temprano le llegara su hora a ese desgraciado.

—No parece preocuparte demasiado que «La Bestia» ande por Saint Simons asesinando inocentes —observó Mackay arrugando el ceño—. Además, el viejo Campbell era un compatriota nuestro, como tantos otros a los que ese maldito cimarrón les ha arrancado la vida.

—¡Y qué narices puedo hacer yo! —rezongó Bauldie—. Yo no tengo la culpa de que ese fantasma la haya tomado con los señores de Georgia.

—¡Vaya! —exclamó Mackay con sarcasmo—. ¡Aquí tenemos a otro creyente en la sobrenaturalidad de ese negro carnicero! Pues, ¿sabes lo que te digo? Que yo no creo ni la mitad de lo que se cuenta acerca de él.

—¡Pues haces mal! —le recriminó el vejete—. Como buen escocés, deberías de creer en los espectros con absoluta firmeza. ¿O es que vas a decirme que tampoco crees en los fantasmas del Pantano Sangriento? —añadió de seguido, lanzándole una inquisitiva mirada de soslayo.

—Lo único que puedo decir —repuso Mackay con afectada solemnidad— es que jamás en la vida se me ha aparecido ningún fantasma. De manera que hasta que eso no me suceda, no le daré crédito a su existencia.

—¡No puedo creer las blasfemias que estoy oyendo! —graznó el carcamal alterado, santiguándose una vez más—. ¡Muchacho, deberías avergonzarte de lo que has dicho! Mejor, aún, harías en rezar una plegaria por la salvación de tu alma. Pues, como es sabido, los peores fantasmas se le aparecen a los incrédulos para arrastrarlos con ellos al infierno...

—¡Ah! ¿Sí? —replicó desdeñoso Mackay—. Pues que se atreva ese cimarrón a ponerme sus sucias zarpas encima, que ya le daré yo su merecido.

—¡Yo preferiría que me partiera en dos un rayo antes que tropezarme con él! —gruñó el sargento Barclay, a lo que varios soldados mascullaron algunas réplicas por el estilo.

—Ya veo que estoy rodeado de gallinas —les espetó burlonamente Mackay—. Pero no temáis encontraros con ningún ser del Más Allá ni del más acá esta noche, pues pienso posponer la inspección del pantano hasta mañana.

Aquella noticia hizo suspirar con alivio a más de un grandullón *highlander*, todos los cuales continuaron bebiendo, fumando y charlando entre ellos con renovado buen humor. Sin embargo, el tema de lo sobrenatural parecía resultarle a Bauldie «el Araña» demasiado fascinante como para dejarlo pasar así como así. Entonces volvió a levantarse de un salto y, plantándose una vez más en medio del porche, como un actorcillo de teatro en su escenario, atrajo la atención de todos declamando como si recitara el pasaje de alguna obra:

—¡Oh, sí, amigos míos! Hacéis bien en temer a las criaturas de la noche, y no como vuestro descreído jefe. ¡Que esta cruz nos proteja de todo mal! —exclamó tomando un pequeño crucifijo, casi imperceptible entre el montón de dientes, huesos y conchas de sus collares, y besándolo con devoción—. Ciertamente, desde que tuvo lugar la batalla del Pantano Sangriento, he visto en muchas ocasiones a los fantasmas de los soldados españoles; pero, gracias al cielo, nunca han osado acercarse a mi cabaña para atormentarme con su horripilante presencia. ¡Ay! Sin embargo, hubo un tiempo en que también fui testigo de muchas otras apariciones en nuestra amada Alba; pues, antes de venir a América, cuando todavía era joven, me dediqué al oficio de sepulturero. ¡Oh, sí! Allá en mi añorada aldea natal de las Highlands, desde la ventana de mi solitaria morada, que se alzaba junto al camposanto, presencié varias noches de angustioso desvelo cómo los espectros de los difuntos salían de sus lechos de gusanos para ir a visitar a sus familiares. Y asimismo, como sin duda alguna habréis hecho todos vosotros, escuché en las tabernas infinidad de historias de fantasmas, en todas las cuales, por supuesto, creo tan firmemente como en la palabra de Dios.

Tras este breve y pomposo discurso, el vejete se dispuso a relatarles a sus pasmados oyentes unas cuantas leyendas espectrales. Ni que decir tiene que sus paisanos conocían de sobra todos aquellos contezuelos del rico folclore de su tierra; pero, al igual que un puñado de críos, reunidos a la acogedora lumbre del fuego, lo escucharon con el morboso regocijo que caracteriza esa clase de veladas. Así pues, el entusiasmado Bauldie les contó historias tales como la de Robin «Gorro Rojo», el espectro maligno al servicio de Lord Soulis, amo y señor del castillo de Hermitage, o la del fantasma de George McKenzie, alias «el Sanguinario», el despiadado inquisidor que mandó a la hoguera y a la horca a decenas de vejezuelas y presbiterianos. Tampoco faltaron las historias de los terribles fantasmas del callejón de Real Mary Kings Close, en Edimburgo, pertenecientes a un puñado de mendigos y maleantes que murieron en los tiempos de la peste, o la del «Gaitero Solitario», el desdichado músico que pereció extraviado en los intrincados pasadizos del castillo de la misma ciudad, donde se cuenta que su espíritu continúa vagando y tocando su instrumento cada noche. Luego, una vez agotadas las leyendas espectrales, el carcamal prosiguió con otras tradiciones aún más siniestras, si cabe, como los mitos gaélicos de Cù Sìth, el abominable lobo-demonio, mensajero de la muerte, que merodea tras la puesta del sol por los páramos de las Highlands, o la del inefable Nessie, el famoso monstruo del lago Ness. Y como broche final a tan siniestra velada, concluyó refiriéndoles los atroces crímenes de Sawney Beane, el llamado «Demonio de Galloway», líder del célebre clan de caníbales cavernícolas que asesinaban y devoraban a los desafortunados viajeros que pasaban por sus dominios. Y a buen seguro, Bauldie «el Araña» hubiera estado dispuesto a entretener a sus huéspedes hasta que volviera a asomar el sol en el horizonte, de no ser porque los muchos tragos de whisky que tomó terminaron por embotarlo y hacerle perder el hilo en sus narraciones.

Por supuesto, todas aquellas historias, contadas por aquel vejestorio con su peculiar voz aguda y chillona, impresionaron profundamente a su auditorio. De hecho, hasta los indios se contagiaron de la aprensión que embargó a sus compañeros escoceses, lo cual vino a sumarse a la inquietud que ya les inspiraba a todos el solitario y tétrico paraje donde se encontraban. En cuanto a su jefe, el capitán «Okey» Mackay, no fue menos sensible a su macabro influjo; ya que, a pesar de su persistente y disimulada incredulidad, en realidad seguía creyendo fielmente en las antañonas tradiciones de sus ancestros. Con todo, aprovechó ese momento de estupor del locuaz Bauldie —un estupor del que, como no podría ser de otro modo, también él y sus hombres eran presa, puesto que habían trasegado con tanta avidez como su generoso anfitrión— para poner punto final a aquella extremadamente larga velada.

—¡Bueno, muchachos! —exclamó, irguiéndose trabajosamente de su asiento en el porche de la cabaña—. ¡Ya está bien de tanto whisky y cuentos de viejas! Ahora todo el mundo a dormir, que mañana tenemos que estar en pie a primera hora.

Acto seguido, asignó los turnos de guardia en el campamento, tras lo cual, con ayuda del sargento Barclay, cargó en volandas con el adormilado Bauldie —quien para entonces había adoptado la grotesca apariencia de una carcasa de araña muerta, agazapado en el porche— y se retiraron al interior de la cabaña, en tanto que sus hombres se quedaron fuera, acurrucados en torno a la hoguera.

18
El héroe y el terror

La cabaña de Bauldie «el Araña» estaba tan abarrotada de trastos —barricas como las que tenía en el cobertizo, cajones llenos de botellas y frascos vacíos, y un montón de sacos de cebada para fabricar su whisky—, que, aparte del rincón destinado a su yacija, no quedaba más que un estrecho rectángulo de espacio libre a la entrada de la estancia. Así que, tras depositar a su amodorrado dueño sobre su lecho, Mackay y el sargento Barclay extendieron sus mantas de campaña en el suelo y se acostaron.

Durante algún tiempo, Mackay escuchó fuera del cuchitril los murmullos del primer centinela con alguno de sus compañeros; y poco después, allí dentro, los ronquidos en que prorrumpieron el enjuto carcamal y el obeso sargento. En cualquier otra ocasión, aquella estridente serenata de broncos resuellos, unida al agobiante calor de la noche, le hubieran impedido pegar ojo; pero gracias a la gran cantidad de whisky que había ingerido, pronto lo dominó un sueño pesado que lo liberó de tales molestias.

Tan profundo era su sueño, que el joven *highlander* hubiera jurado que nada le haría despertar hasta el día siguiente. Sin embargo, de manera progresiva, empezó a sentir una presión en el bajo vientre, que finalmente se volvió intolerable y lo obligó a abrir los ojos. En ese momento, se percató de que tenía la vejiga tan hinchada que estaba a punto de estallarle. Entonces se incorporó como buenamente pudo y salió dando tumbos de la cabaña. Era tal la necesidad que lo urgía, que apenas tuvo el aguante suficiente para alejarse unos pocos pasos del porche y, tras arremangarse a toda prisa su *kilt*, descargar la orina en una especie de agónico orgasmo.

Con inefable alivio, observó a la luz de la luna cómo el whisky filtrado en el alambique de sus entrañas brotaba de él en forma de un potente chorro dorado, uniéndose a las aguas plateadas del arroyuelo que surcaba el calvero. Baste decir que durante algún tiempo no tuvo ojos más que para aquella escena de placentera evacuación, hasta que cuando por fin se vació del todo echó un vistazo a su alrededor.

Gracias a la claridad de la noche y lo despejado del calvero, podía observar todo el panorama sin dificultad. Sus hombres estaban apiñados alrededor de los rescoldos de la hoguera, y todos ellos, escoceses e indios, dormían a pierna suelta, tal como declaraban sus ronquidos y suspiros. Justo en medio de sus compañeros, sentado ante la moribunda fogata, se encontraba el centinela de turno. Cuando Mackay salió precipitadamente de la cabaña, apenas había reparado en él; pero ahora se fijó mejor. Se trataba de uno de los guerreros creek, al cual había encomendado la última guardia. De modo que, pese a que el cielo estaba todavía oscuro, dedujo que no podía faltar mucho para que amaneciera. Aquel sujeto, empero, no daba muestras de estar atento a su deber. Se hallaba de espaldas a Mackay, sentado en un tocón, encogido sobre sí mismo y con la cabeza hundida en el pecho, de manera que su jefe no podía verle la cara. No obstante, le bastó con observar su apoltronada postura, así como el leve movimiento de su espalda, al compás de su pausada respiración, para percatarse de que estaba dormido como un tronco.

Por un momento, el capitán «Okey» sintió el impulso de acercarse al desaprensivo centinela y espabilarlo de un cogotazo; pero justo cuando iba a hacerlo oyó un ruido que le hizo pegar un respingo. Hasta entonces, a excepción de los resuellos de los durmientes, no se había dejado escuchar ningún otro sonido en el lugar, salvo el lejano croar de las ranas en el pantano. Por lo tanto, el súbito crujido de una rama seca resonó con gran estridencia en medio de la calma reinante. Mackay se giró de inmediato hacia el punto donde había percibido aquel chasquido, procedente de las espesuras que rodeaban el calvero. La oscuridad del bosque era tan densa que le resultaba imposible escudriñar sus profundidades; pero le pareció advertir un pequeño destello rojizo, tan sólo por un instante, que enseguida se desvaneció en las tinieblas...

El fugaz atisbo de aquella misteriosa luz, más que atemorizarlo, lo desconcertó. Así, de buenas a primeras, lo primero que pensó fue que podría tratarse del brillo de una luciérnaga. Sin embargo, aquella noche no había percibido la presencia de tales insectos, al menos por los alrededores del calvero. «Además», se dijo para sus adentros, «la luminosidad de esos bichos es amarilla..., ¡y no roja!». Entonces Mackay recordó lo que se contaba acerca del ígneo resplandor del único ojo de Pluto, y sintió cómo le recorría la espalda un escalofrío. En esto se llevó las manos al cinturón, buscando sus pistolas, y al palpar sus culatas suspiró aliviado. Aunque habitualmente no solía dormir armado, aquella inoportuna noche de jarana había olvidado quitárselas de encima, así como su espada, cuya empuñadura detectó a continuación en el brocal de su tahalí.

El hecho de disponer de todo su armamento, no sólo le reportó seguridad sino que lo envalentonó a tal punto que, de pronto, se propuso averiguar por su propia cuenta qué era aquello que había visto, o creído ver, en las espesuras del bosque. Sin embargo, apenas hubo dado un par de pasos hacia delante cuando se detuvo en seco. Efectivamente, tal como lo dominara de manera repentina la determinación de aventurarse a solas en el bosque, un instante después un ramalazo de sensatez lo obligó a reconsiderar con mayor detenimiento el peligro al que iba a exponerse. Sin lugar a dudas, pensó, lo más juicioso sería avisar a sus hombres para que lo acompañaran en aquella incursión en las tinieblas. Mientras cavilaba sobre ello, Mackay echó un vistazo atrás. Los soldados continuaban durmiendo apaciblemente echados sobre sus mantas de campaña, tal como el centinela indio acurrucado ante las ascuas de la hoguera. Frente a aquél se abría el negro vano de la puerta de la cabaña, donde proseguían resonando los ronquidos de Bauldie «el Araña» y el sargento Barclay, cuyo estruendo casi ensordecían los ronroneos y resoplidos de todos los demás. En lo que Mackay contemplaba la escena, trató de calcular el precioso tiempo que perdería en espabilar a aquella panda de borrachos y organizarlos para emprender la batida, lo cual permitiría al supuesto merodeador alejarse aún más del campamento de lo que ya debía haberlo hecho. Por lo tanto, una vez más volvió a ser presa de la temeraria resolución que lo impulsara a actuar por su propia cuenta. Y sin demorarse un segundo más, blandió sus pistolas, las amartilló, y se dirigió a grandes zancadas hacia el bosque.

Es probable que de no hallarse aún achispado por la bebida, el capitán Roy «Okey» Mackay no hubiera obrado tal como lo hizo. Pero un tipo como él, ya de por sí audaz, no era de los que vacilan a la hora de actuar con rapidez. Mientras se internaba entre los grandes robles y arbustos, se sonrió jactándose de su intrepidez. En esos momentos, se sentía como un héroe de leyenda, presto a enfrentarse a cualquier adversario, por terrible que fuera. Tanto le daba lo espantoso que pudiera ser «La Bestia de Georgia», que de pronto se sentía capaz de habérselas hasta con el mismísimo diablo, convencido de que suya sería la victoria. En definitiva, parecía como si los numerosos tarros de ardoroso whisky que se había bebido hubieran ahogado todos sus temores supersticiosos, o que aquellos se hubieran desprendido de él, sin más, como las hojas secas de un árbol, y ya los hubiera dejado atrás.

Una vez dentro del bosque, Mackay había advertido que la luz de la luna se filtraba en forma de rayos luminosos aquí y allá entre las espesuras. De manera que, aunque no sabía a qué distancia podría encontrarse el merodeador, podía discernir con relativa facilidad en la penumbra el camino que había seguido, gracias a las ramas rotas y la maleza aplastada que había dejado a su paso. En tanto que le seguía la pista, recordó la razonable teoría del general Oglethorpe sobre la probabilidad de que Pluto fuera un sicario de los españoles, un esclavo fugitivo de las plantaciones británicas huido a La Florida y puesto al servicio del enemigo, con la misión de aterrorizar a los colonos georgianos para que abandonaran las tierras que habían ocupado más allá de Carolina del Sur. De hecho, en esos momentos no tenía cabida en sus entendederas ninguna conjetura sobrenatural. Así pues, Mackay confiaba en poder liquidar al cimarrón asesino, por muy formidable que fuera, con sus pistolas o su espada, si llegaba a dar con él. A todo esto, se unía su deseo de vengar las muertes de sus compatriotas escoceses, y muy especialmente la de su amigo Kilpatrick en la taberna El Cardo y el Guantelete. No obstante, tanto más lo animaba en su propósito el afán de obtener el ascenso que le había prometido el gobernador de Georgia. Su imaginación volaba figurándose la admiración de sus camaradas *highlanders* y la envidia de los engreídos oficiales ingleses de la colonia, cuando lo vieran ostentando el grado de un coronel, como comandante en jefe de Fort King George, allá en Darien. Su fantasía lo llevaba tan lejos, que incluso se veía formando parte de la plana mayor del general Oglethorpe, como uno de sus oficiales más distinguidos, en Fort Frederica. Desde luego, puesto a soñar con grandezas, cualquiera de estas pretensiones se le antojaban perfectamente alcanzables a aquel desarrapado capitán de la Black Watch, quien hasta la fecha no había dispuesto siquiera de un uniforme digno de su rango.

Mackay se deleitaba meditando en tan gloriosas aspiraciones, cuando de pronto sufrió un percance. A pesar de la cautela con que avanzaba a través del tenebroso bosque, no pudo evitar caer en una de sus trampas. Al tropezar con la raíz de uno de los robles, oculta por la maleza, se desplomó. No se trató, empero, de una simple caída sobre un mullido colchón de hierbajos, sino que rodó rudamente por una pendiente hasta ir a parar a una charca de aguas putrefactas. Maldiciendo su «mala pata», Mackay se incorporó de inmediato, empapado y cubierto de verdín. Pero en mitad de sus improperios enmudeció de golpe, al fijarse en la figura que tenía ante él...

Como ya se explicó, la luz de la luna asaeteaba las sombras del bosque de tramo en tramo. Sin embargo, en aquel lugar se filtraba a través de un gran hueco en la bóveda arbórea, iluminándolo todo como un foco. Y bajo aquel potente haz de luz, a tan sólo una docena de pasos de la charca donde había caído Mackay, se encontraba alguien sentado, o más bien torpemente encaramado, como un fardo, sobre un tronco caído... Su inmenso cuerpo, negro como la pez y dotado de una descomunal musculatura, estaba apenas cubierto por los jirones de una camisa y unos pantalones, de modo que quedaba al aire casi toda su piel, que presentaba un horrible aspecto rugoso. Pero lo más espantoso de aquella especie de ogro de pellejo chamuscado era su rostro; pues, aparte de tenerlo también quemado, sus facciones resultaban tan brutales como las de un primate. Con todo, había algo en la mirada de su único ojo, prodigiosamente brillante como un carbón candente, que evidenciaba que aquella criatura monstruosa poseía una inteligencia racional...

Ante tan espantosa visión, los efectos de la borrachera se disiparon de golpe en la cabeza de Mackay. Mientras observaba a aquel nefando ser, sintió como el cabello se le erizaba y el corazón le daba un bote en el pecho, empezando a latirle frenéticamente. Pues, en efecto, ¡enseguida se percató de que se hallaba ante Pluto, «La Bestia de Georgia»! Por su parte, el tremebundo negro permaneció inmóvil y silencioso en su asiento, contemplando a su vez al apabullado escocés, que parecía estar hipnotizado por la penetrante mirada de su fulgurante ojo. Mas la pasividad de Pluto permitió a Mackay recobrarse considerablemente de su pavor, quien enseguida volvió a alzar sus pistolas, controlando con sorprendente firmeza el temblor de sus manos, y a continuación avanzó con paso lento y cauteloso hacia él.

Por unos instantes, el osado *highlander* tuvo la sensación de que andaba en sueños, mientras se aproximaba a aquella abominable criatura; pues los vapores del pantano se habían colado entre las espesuras del bosque hasta aquel pequeño claro, reptando a ras de suelo como una neblina fantasmal. Entretanto, Pluto no hizo el más ligero movimiento, limitándose a observarlo con su resplandeciente ojo. Entonces, cuando Mackay se encontró a unos pocos pasos de él, le dijo con tono altanero:

—Conque tú eres la famosa «Bestia de Georgia», ¿eh? *Okey!* ¡Pues ya puedes darte por preso! No te quepa duda de que hoy mismo pagarás tus crímenes en el cadalso de Fort Frederica.

Justo acababa de decir esto, cuando el gigante negro se levantó de un salto, irguiéndose sobre sus cortas piernas con el corpachón inclinado hacia delante y los largos brazos colgando hasta el suelo. Aquel súbito movimiento alarmó tanto a Mackay que, en ese mismo instante, como en un acto reflejo, apretó los gatillos de sus pistolas. Pero para su indecible desconcierto, los martillos de ambas chasquearon sin hacer fuego. Entonces el despavorido escocés comprendió que, cuando cayó en la charca fétida que había dejado atrás, el agua había penetrado en los cañones de sus pistolas estropeando la carga de pólvora. Por su parte, al escuchar el chasquido inútil de las armas, Pluto esbozó su terrible sonrisa de dientes marfileños y aserrados, y sacó de su ajado cinturón el cuchillo manchado con la sangre seca de sus numerosas víctimas.

Por unos momentos, Mackay volvió a ser presa de un terror paralizante. Lo primero que se le pasó por la cabeza fue echar a correr de regreso al campamento, en busca de sus hombres. Pero enseguida se sobrepuso otra vez al pavor que lo dominaba con una entereza inesperada. Y, arrojando las pistolas al suelo con gesto arrogante, dijo:

—¡Oh! No necesito estas pistolas para acabar contigo... ¡Me basta con mi espada para mandarte al infierno!

Las últimas palabras las pronunció en un grito furioso, a la par que desenvainaba de un tirón su espada, hecho lo cual le lanzó una estocada directa al corazón. El coloso negro no hizo el menor amago por esquivar el golpe, de modo que la hoja de la espada le atravesó el pecho, asomando la punta por la espalda. Con la misma rapidez que lo había traspasado de lado a lado, Mackay retiró el acero; pero «La Bestia» ni se inmutó, sino permaneció tieso y sonriendo con fiereza, mientras contemplaba al pasmado escocés. Éste observó con ojos desorbitados la hoja impoluta de su espada, y luego el agujero en el ancho pecho del monstruo, del que no había brotado ni una gota de sangre.

Y acto seguido, retrocedió trastabillando, con el rostro crispado por el más absoluto espanto.

¡Ay! En ese momento, el presuntuoso capitán Roy «Okey» Mackay entendió de una vez por todas que el abominable ser al que había osado enfrentarse no pertenecía al mundo de los vivos. Pero, al mismo tiempo, fue consciente de algo todavía más aterrador, si acaso tiene cabida, a saber: *¡que aquel engendro de las tinieblas no era un fantasma, sino un cadáver viviente!*

Entonces, como si Pluto hubiera estado esperando pacientemente a que se cerciorara de que era una criatura del Más Allá, soltó una ronca carcajada triunfal, y de seguido empezó avanzar lentamente hacia él, con los hombros bajos y el cuchillo tendido hacia delante. En esto, Mackay reculó con mayor celeridad, pero con la espada alzada en posición de batirse en duelo. No obstante, ¡nada más lejos de sus intenciones que medir sus fuerzas con aquel monstruo infernal! Así pues, mientras proseguía retrocediendo, lanzó un vistazo a la senda por la que había llegado hasta ese funesto claro en medio del bosque, la cual ascendía por la cuesta que precedía a la charca putrefacta. Mas adivinando lo que se proponía hacer, Pluto se interpuso de un salto en su camino, con los brazos extendidos para impedirle la huida.

A pesar del sofocante calor nocturno, Mackay sintió cómo un sudor frío como el hielo le empapaba todo el cuerpo. Ni por un instante se planteó la posibilidad de intentar burlar la guardia de «La Bestia» para regresar al campamento. Sin embargo, en medio de su desesperación, reparó de repente en otro hueco que se abría en la vegetación, a tan sólo un par de pasos de donde se encontraba. No tenía ni idea de adónde podría conducirle aquella vía de escape, en caso de que no fuera más que una engañosa vereda sin salida; pero, sin pensarlo dos veces, se precipitó enseguida en su interior.

Como ya se había temido, el camino escogido resultó ser una falsa vereda; mas ni por ésas se detuvo Mackay en su enloquecida carrera a través de las espesuras. Gracias a la tenue luz de la luna que se filtraba en el oscuro bosque, logró evitar estrellarse contra los enormes troncos de los robles, a la par que se escabullía entre los tupidos arbustos, cortando con su espada los guiñapos de musgo que colgaban de las ramas de los árboles y traspasando con su cuerpo marañas de enredaderas, que formaban una especie de telaraña de tramo en tramo. Entretanto, a cada zancada que daba temía sufrir otro tropiezo fatídico que lo pusiera a merced del monstruo. Sin embargo, durante algún tiempo no discernió otro ruido que sus propios crujidos en la maleza. Al parecer, su súbita escapada había desconcertado a Pluto; pero pronto escuchó detrás de él un largo y profundo gruñido, al que siguió un gran estrépito de maleza aplastada y ramas tronchadas, como si un huracán estuviera surcando aquella densa selva. Entonces, Mackay se apresuró aún más en su frenética carrera, hasta que al atravesar unos matorrales se encontró de sopetón ante la orilla del pantano. Este acontecimiento lo cogió tan de improviso, que apenas tuvo tiempo de detenerse bruscamente antes de caer a las aguas.

Mientras intentaba mantener el equilibrio, con el cuerpo inclinado hacia delante y agitando los brazos grotescamente en el aire, Mackay echó una rápida ojeada en derredor. Como si de un caldero en ebullición se tratara, de la ciénaga brotaba una bruma blanquecina en arremolinadas volutas, envolviendo los voluminosos troncos de los cipreses acuáticos y deslizándose tierra adentro en gruesas formaciones que parecían poseer algún tipo de vida espectral. Unos instantes después, consiguió evitar el chapuzón girando en redondo sobre sus talones y dando la espalda al vaporoso pantano. Pero justo en esto, Pluto surgió de los matorrales bufando como un toro en estampida, y, embistiendo contra él, lo arrojó consigo al pantano.

Las dos figuras se zambulleron en medio de una gran salpicadura de aguas espumosas y un revuelo de jirones de bruma. En ese momento, Mackay creyó que se hundirían, sin más, como una bala de cañón en el lecho del pantano. Pero al colisionar bruscamente de espaldas contra el fondo arenoso, sin llegar a sumergirse por completo, se percató de que en aquella zona cercana a la orilla el agua no era tan profunda como había supuesto. Aun así, apenas fue capaz de mantener la cabeza a ras de superficie, con el rostro embadurnado de hediondo verdín, mientras se debatía violentamente intentando escabullirse de debajo del corpachón de «La Bestia». Aquello, empero, le resultó prácticamente imposible, pues tamaña mole cadavérica era tan pesada como una montaña. En el ínterin, Pluto se encaramó a horcajadas sobre él, al tiempo que lo empujaba hacia abajo con las manos, con el evidente propósito de ahogarlo.

En tan horrenda situación, Mackay intentó por primera vez gritar pidiendo auxilio; pero al abrir la boca se atragantó con las putrefactas aguas. Así las cosas, comprendió que estaba completamente perdido, y que nada ni nadie podría salvarlo del monstruo asesino. Con todo, ni por ésas se abandonó a su suerte, y blandiendo su espada la hundió en el costado de su tremebundo adversario, ensartándolo una vez más de parte a parte. Mas como ya se figuraba, no le causó ningún daño; pues, *¡quién puede matar a un muerto!* Y para colmo de su desesperación, la espada quedó atorada de tal manera en aquella masa de carroña viviente, que por más que tiró y tiró de ella no pudo volver a extraerla. En ese momento, Pluto alzó su cuchillo, sin aflojar la presión sobre el pecho de su rival con la mano libre. Entonces, Mackay se olvidó de su espada y trató de sujetar el brazo armado de «La Bestia»; pero su fuerza ciclópea se impuso irresistiblemente a la suya, y un instante después la hoja del cuchillo se enterró hasta la empuñadura en su pecho...

¡Ay! Aquella puñalada puso fin a tan espantoso combate. Con los ojos a punto de salírsele de las órbitas, el capitán Roy «Okey» Mackay exhaló su último aliento, a la vez que se hundía en las aguas del Pantano Sangriento. Y lo último que vio antes de que su rostro desapareciera entre los grumos de verdín que lo rodeaban, fue el semblante simiesco y achicharrado de Pluto, «La Bestia de Georgia», mostrándole su espeluznante sonrisa de dientes afilados, al tiempo que lo contemplaba con perversa intensidad con su único ojo, rojo como las llamas del infierno.

19
Una conclusión

Algunos días después, el negro Apollo y sus compañeros comentaban las noticias que habían llegado a Savannah desde Saint Simons. La noche acababa de caer, y como de costumbre, tras una larga jornada de trabajo en las plantaciones de su hacienda, después de cenar, se hallaban reunidos en el umbral de su barracón. Apollo fumaba su corta pipa de arcilla, y, como era habitual, deleitaba a los demás relatando con su peculiar estilo solemne y parsimonioso lo que se contaba en la ciudad.

—Después de que Pluto asesinara al amo «Leña» Campbell, el hacendado más rico y cruel de Saint Simons, el gobernador Oglethorpe dispuso que fuera registrada toda la isla en su búsqueda. Así pues, numerosas partidas exploraron hasta el último rincón sus bosques, pantanos y costas; pero no pudieron encontrarlo. Como de costumbre, «La Bestia» se desvaneció sin dejar rastro. No obstante, se cree que el jefe de cierto destacamento, procedente de Darien, tuvo un fatídico tropiezo con él. Aquel hombre era un oficial escocés de Fort King

George, el capitán Roy «Okey» Mackay, a quien se le había asignado la batida del Pantano Sangriento. Y, desde luego, no sería de extrañar que Pluto hubiera escogido aquel lugar para ocultarse, pues tiene fama de maldito y fantasmagórico...

»El caso fue que, en algún momento de la noche siguiente a la de la muerte del amo Campbell, el capitán Mackay se ausentó de su campamento de manera inadvertida, y no se volvió a saber nada más de él. Sin embargo, a la mañana siguiente sus hombres rastrearon sus huellas hasta un claro en el bosque, donde encontraron sus pistolas tiradas en el suelo. Y allí, junto a las marcas de sus zapatos, descubrieron otras diferentes, pertenecientes a unos enormes pies descalzos... Aquella mezcolanza de pisadas los condujo, a continuación, hasta la orilla del pantano, en cuyas aguas encontraron el gorro del capitán Mackay, flotando sobre la capa de cardenillo que las cubría, y advirtieron también algunas manchas de sangre... Temiéndose lo peor, sondearon de inmediato esa parte del pantano; pero el cuerpo de su jefe no apareció. Con todo, nadie albergó duda alguna sobre cuál había sido su fatídico final. En efecto, aquellas otras huellas de unos pies gigantescos y desnudos que habían descubierto junto a las suyas, les llevaron enseguida a la conclusión de que el capitán Mackay había tenido un encuentro con Pluto, con quien debió de sostener una lucha mortal. Pero ¿qué pudo ser de su cadáver? En definitiva, por su ausencia dedujeron lo siguiente: *que «La Bestia» se lo había llevado con él al infierno...*

Un profundo silencio envolvió al grupo de negros reunidos en torno a Apollo cuando terminó su relato. Pero de repente, uno de ellos exclamó:

—¡Un momento! ¿Y por qué razón se iba a llevar Pluto el fiambre de ese blanco al infierno? ¡Con sus otras víctimas no hizo lo mismo!

A lo que Apollo, tras permanecer algún tiempo callado, fumando su pipa con gesto impasible, repuso:

—Bueno, a menos que en aquella parte del pantano hubieran arenas movedizas y se tragaran el cuerpo del capitán Mackay, no parece haber ninguna otra explicación para tal misterio.

Esta respuesta no pareció convencer demasiado a su auditorio. Los negros empezaron a farfullar, sacudiendo la cabeza desconcertados, hasta que otro de ellos inquirió:

—Pero si Pluto se fue al infierno, ¿eso significa que ya no volverá nunca más al mundo de los vivos?

En esta ocasión, el interpelado respondió con mayor rapidez:

—¡Quién sabe! —gruñó con cierta contrariedad—. Eso es lo que suponen los hombres blancos. Y, en verdad, quizá su alma ya haya cumplido

213

su penitencia vengativa sobre la faz de la tierra. Claro que también podría regresar cualquier noche de estas, cuando menos se lo esperen, para continuar castigando los abusos que cometen los amos con sus esclavos. Pero eso sólo lo sabe Dios..., ¡o el diablo!

Y dicho esto, Apollo no se molestó en tratar de responder ninguna otra pregunta; simplemente, volvió a meterse la pipa en la boca y siguió fumando con aire malhumorado y distante. No obstante, a algunos les pareció advertir una leve sonrisa socarrona en su hosco semblante, lo cual evidenciaba que era más partidario de la segunda conjetura.

FIN

Índice